集英社オレンジ文庫

冥府の花嫁 2

地獄の沙汰も嫁次第

高山ちあき

本書は書き下ろしです。

冥府の花嫁 2
地獄の沙汰も嫁次第

もくじ

冥府の花嫁
人物紹介

天鷹・テンヨウ

鬼から翠を助け、『閻魔庁入庁許可証』を与えた。実は閻魔王。

翠・スイ

人間と鬼の間に生まれた『ツノナシ』。壊れたものを元に戻す、廻帰の力を持つ。

瑞月・ミヅキ
翠の双子の弟。冥途で冥官として働いているはずが、現在消息不明。
古桃・コモモ
元獄賊だったが、現在は翠と共に王宮で働く獣人。実家は冥都でも指折りの豪商。
希子・キコ
三途の川にいる奪衣婆。閻魔とは、同じ時期に須弥山で修行した友人。

イラスト／縞

序章

平等州《びょうどう》の北部は雪深い土地だった。

短い夏をのぞいて、年がら年中雪が積もっている。

初雪の時期にあたる秋のはじめだけ、七色に光りかがやく雪が見られる。業風《ごうふう》の影響でそんな雪が降るのだという。

北へ北へと移り住んだ幼少期のあるとき、翠《すい》は瑞月《みづき》とふたりでその美しい雪景色を見た。

夜中のうちに、虹《にじ》を削り落としたかのような、不思議な七色の雪が山野に積もっていた。

「みづき、さむいけどへいき？」

「うん。さむくない？」

「あの草むらのむこうへはいっちゃだめだよ。川が流れてるから。ちゃんとすいについてこなきゃだめだよ」

「うん」

「ここはでこぼこして滑りやすくなってるから気をつけて歩いてね」

「うん。すいも気をつけてね」

「すいのことはちゃんとおねえちゃんって呼んでね」

「わかったよ。どこまでいくの？」

貴石をちりばめたような積雪の平原がえんえんと続いている。

「もうちょっとだけ。ひろいところに出たら雪うさぎを作るの……、あっ」

結局、足を滑らせて転んだのは翠のほうだった。

手を繋《つな》いでいたせいで瑞月も尻もちをついてしまい、ふたりして声をたてて笑った。

「だいじょうぶ？」

「うん。みづきはだいじょうぶだった？」

「ぼくはへいきだよ。ここ、いたくない？」

「うごかすとちょっとだけいたい」

「ぼくがなおしてあげる」

捻《ひね》ってしまった足に勘づいた瑞月が、廻帰《かいき》の力で治してくれた。

怪我をすると、よくそうして互いに治しあった。

瑞月が力を使うときは心地よかった。ぬるま湯につかるような温《ぬく》みに包み込まれて、体のすみずみまでが清らかに生まれ変わる感じがした。身も心も繋がっているような安堵《あんど》をおぼえる瞬間でもあった。ひとりではないのだと。

「そろそろかえろうよ。きょうは鵠《くぐい》が来るって母さんがいってたよ」

「ほんと？　じゃあかえろ」

鵠が来るのはうれしい。でもそれは、もうここには住めなくなったことを意味していた。見つかってはいけないだれかに見つかってしまったのだ。明日か明後日にはもう、知らない土地のどこかに引っ越すのだろう。

でも瑞月がいるからよかった。いつでも、どこへ行くのにも瑞月が一緒なら。

「もう雪であそべなくなるんだね」

「またいつかくればいいよ。ぼくがすいをまたここに連れてきてあげる」

「すいのことはおねえちゃんて呼ばなきゃだめでしょ」

仲良く手を繋いで、ふたりで七色に輝く雪を踏みしめる。

愛《いと》しさであふれる手のひらの感覚。なじみのあるぬくもり。

あのころは、それを失う日が来るなんて思いもしなかった。

第一章
玲仙宮の茶話会

1.

「ん……?」

顎先《あご》をやわらかな被毛《ひもう》にくすぐられて、翠《すい》は目を覚ました。

猫か犬でもすり寄ってきたのかと思ったら、古桃《こもも》の耳だった。

古桃は小柄な獣人の女の子だ。黒い猫耳をぴくつかせて、そばで眠っている。

寝相の悪い彼女は、毎晩、元気に腕だの足だのをこっちによこしてくる。明け方になって冷えるような日は、人肌が恋しいのか、ちゃっかりこうして翠の布団に潜り込んできたりもする。

すやすやと気持ちよさそうに眠っている顔がかわいらしい。翠は、双子の弟の瑞月《みづき》と布団をならべて一緒に寝ていたころが懐かしくなった。

ひさびさに幼少期の夢を見た。

(瑞月……、いまどこにいるんだろ……)

あおむけに寝返りをうって、板張りの天井を見つめる。

ここは生きとし生ける者が輪廻《りんね》する六道《ろくどう》——天道《てんどう》、人間道《にんげんどう》、阿修羅道《あしゅらどう》、畜生道《ちくしょうどう》、餓鬼道《がきどう》、地獄道《じごくどう》のうち、最下層にある地獄道、すなわち冥界《めいかい》である。

れている。

冥界は、冥途《めいど》十州と呼ばれる冥界人の住む区域と、亡者を懲《こ》らしめるための獄《ごく》とにわかれている。

冥途十州は各州ごとに王庁が設けられ、冥界を支配する王族が、冥府《めいふ》――冥界を管理している行政機関――から派遣された冥官《みょうかん》らとともにそれぞれの任地（従域）で統治をおこなっている。冥府の最終的な権限を握るのは、中央の冥都《めいと》にある閻魔庁の王である。

翠がいるのは、その閻魔庁の内廷にある閻魔王宮で、下女や女官たちが起居する宿舎のひとつだった。

行方不明の瑞月を追って閻魔庁にやってきたのだが、閻魔王・天鷹《てんよう》のはからいで、瑞月の行方がわかるまでこの王宮の下女として働かせてもらえることになった。

閻魔王宮の裏庭に獄路《ごくろ》が繫《つな》がりかけた事件からは、半月ほどが過ぎていた。

あの日、廻帰《かいき》の力――壊れたものを元に戻す異能を使ったとき、たしかに瑞月の気配を感じた。どこかで事態を見守っていて、同時に力を使って翠を助けてくれたのだ。

だから瑞月は間違いなく生きていて、この冥都にいる。けれど姿は見せず、便りをよこすわけでもなく、行方は杳《よう》として知れないままだ。

（どうして顔を見せてくれないのかな……）

早く会って無事をたしかめたい。さびしさは募る一方なのに。

今日は、翠と古桃は暇がもらえた。

台盤所《だいばんどころ》の勤務は交代制で、毎日、だいたい三人ほどが休みをとれる決まりだ。

女官たちが雑魚寝《ざこね》をするだだっぴろい寝間には、障子戸《しょうじど》からうっすらと朝の陽《ひ》の光が差し込んでいる。みんなはもう朝餉《あさげ》の支度に出ているから、翠たちと、ほかにあとひとりの女官が西の端っこで寝ているだけだ。みんなの布団はきれいに片づけられていて、古桃の小さな寝息が聞こえるほかは、しんと静まりかえっている。

「桃」

翠は古桃の猫耳をちょんちょんとつついた。

古桃は元獄賊《ごくぞく》だったが、動物に化けられる異能を天奮に買われ、翠と共に王宮で働いている。実家は冥都でも指折りの豪商で、立派な氏《うじ》持ち（冥府に戸籍のある者）である。

「桃」

今度は古桃の小さな肩をゆすってみた。おいしい物を食べる夢でも見ているのだろう。口をむにゃむにゃさせながら幸せそうに寝返りをうった。

「そろそろ起きよ。朝だよ」

翠が声をかけると、ぴんと耳を立てて飛び起きた。

「あ？　朝？　はっ、寝坊か……っ？」

「大丈夫。今日はわたしたちお休みだから」

「あ、そっか」

「ひさびさの休みだね。ご飯食べたらなにする？」

翠はあくびをしている古桃に問う。

獄賊に交じって暮らしていた彼女は、女官頭《がしら》からみっちり行儀作法を習っている最中なので お疲れぎみだ。行儀といえば翠も田舎育ちで粗野なところがあって、一部の獄司《ごくし》たちからは山猿娘などと揶揄《やゆ》されているから、ときどき一緒になって知識をつめこんでいる。

「オレ――じゃなくてあたし、今日は烏頭《うず》村に行くつもりなんだ」

古桃が、背伸びをしながら言った。

「烏頭村……？」

「きのう実家に礼を言いに行ったときに番頭が教えてくれたんだよ。彩《あや》姉が生きてたんだって」

眠気の抜けた古桃の声は弾んでいた。

「ほんとうに？」

翠は目を丸くした。

獣人の血をひくせいで、古桃は幼少期、不遇な扱いを受けて育った。だが、父親は投獄《とうごく》された娘のために保釈金をしっかり払ってくれたのだ。天奪から、その恩は伝えるべきだと命じられ、昨日の宵《よい》にしぶしぶ実家にお礼の挨拶《あいさつ》に行ったところだった。

「彩姉は、古桃に優しかった二番目のお姉さんだったよね」

望まぬ結婚を苦に、恋仲だった奉公人と五官州《ごかん》にある業江《ごうこう》で心中したのだと聞いている。

「うん。なぜか生きてて、実家に知らせが届いたんだって。だから会いに行きたいんだ。その烏頭村ってとこで暮らしてるらしい」

「よかったじゃない。村はどこにあるの?」

「五道転輪州《ごどうてんりん》って聞いた」

「五道転輪州……」

冥都に来てから、何度か耳にしている土地名だ。

「そこ、ものすごく治安が悪い場所だと聞いてるけど……」

以前、無間《むけん》地獄で会った鬼が、あそこは無法地帯すぎてもはや獄のようなものだと言っていた。転輪王を恐れて、だれもなにも言わないのだとか——。

「彩姉が住んでるくらいなんだから大丈夫だって。翠も一緒に行こうぜ」

「でも、ここから転輪州は遠いよ。お金もかかるし」

翠は、弟探しのために天鴦が情報屋に払ってくれた大金を返済していくつもりなので、ほぼ文無し状態である。

「二刻足らずで着く獄路があるんだって。路銀も番頭のおやじにねだって、ばっちりふたり分もらってきたんだ。あいつら、あたしが王宮勤めになったって言ったら急にコロッと態度変えやがってよう」

「へえ、そんなもんなの？」

さすが実家が太いと援助の額もちがう。

「じゃ、行ってみようか」

治安の悪い土地に行くのは少し怖い気もするが、天鴦とは旧知の仲であるらしい五道転輪王には興味がある。本人に会えなくとも、その土地がどんなようすなのかくらいは見てみたいと思った。

もうひとりの女官を起こし、となりの大広間の長机にならんで残りものの朝餉を分けて食べていると、すぱんと障子戸があけられた。

「翠、やっと起きたわね。呑気《のんき》に粥《かゆ》をすすっている場合ではないわよ」

女官のお仕着せを来た派手な顔立ちの女が威勢よく入ってきた。

台盤所を取り仕切っている女官頭の沙戸《さと》だ。はじめはいびられたりもしたが、ひと事件を経《へ》て、最近はずいぶんうちとけてきた。

「おはようございます。どうしたの？」

翠は箸《はし》を持つ手をとめた。

「さきほど那霧《なきり》様から伝言をあずかったの。あんた、夏葉《かよう》様に呼ばれているそうよ」

「夏葉ってだれ？」

翠が問うと、となりでぽりぽりとたくあんを噛《か》んでいた女官が、ぶっと噴き出した。

「翠ったら、ご本人を前にその質問をしたら大鉈《なた》で八つ裂きにされるわよ」

「夏葉様は先代の閻魔王の妹君、天鴦様の叔母上にあたるお方よ。天鴦様のお母君はすでにお亡くなりになられているから、実質、この閻魔王宮の実権を握っているのはその夏葉様ね」

「天鴦様のお母君はもう亡くなってるの……？」

初耳である。

「ええ。天鴦様が修行先の須弥山《しゅみせん》から戻られる前に逝去《せいきょ》されたわ」

沙戸が古桃のとなりに腰を下ろしながら続ける。

「流行《はや》り病で、太妃《たいひ》様のみならず、お世話になった乳母君までが立て続けにお亡くなりになったので、天鴦様はずいぶんと心を痛めていらっしゃったそうよ」

はるか遠方の須弥山にいるうちに儚《はかな》くなったので別れを告げる機会もなく、遺骸《いがい》を目にすることも叶わなかったのだという。

当時、兄ふたりも修行先で亡くなっている。短いあいだに身内を三人、その上、乳母も亡くしたというのだから相当堪《こた》えたのではないか。

しかし、彼のよくない噂《うわさ》も脳裡《のうり》に蘇《よみがえ》った。ふたりの兄の死は王位を争ったために起きたとして、天鴦を残虐《ざんぎゃく》な王だと非難する声がある。

（彼が血を分けた兄を殺したひとには、とても見えないんだけど……）

翠はまったく信じていないが、真相はわからない。

「で、その夏葉様があんたの力を借りたいというのよ。大切にしていた花瓶《かびん》を榮玄《ようげん》様が落として割ってしまったとかで。ほら、例の壊れたものを元に戻す不思議な力を使って直してほしいって」

榮玄様というのは夏葉のひとり息子である。まだ幼いらしいが、翠は顔を見ていない。

「ぜひお受けするわ」

割れた花瓶の修復などお手のものだ。

「でも、お直しなんて表向きの口実にすぎないわよ」

沙戸が言った。裏があるようだ。

「そういや、今日は茶話会の日じゃなかった？」

向かいの女官が思い出して言う。

「そう。夏葉様はおそらく翠の品定めをするおつもりなのよ」

「品定め？」

「そもそもあの茶話会自体がお妃候補のお姉様方の動向を把握《はあく》するためのものだからね」

「そのとおり。新顔が王宮入りすれば、もれなく席に招いてつぶさに吟味《ぎんみ》なさるわ。で、瑞領《ずいりよう》家に不相応な女と判断したら即刻、王宮から弾き出すってわけ」

「性悪婆《ばば》ァだな」

「こらっ、古桃は口を慎みなさいっ、八つ裂きにされたいの？」

沙戸が小声でたしなめる。

「うーん、品定めか……」

王家を守るためと思えばまちがった行為でもないのかもしれないが。

「吟味はどうやるの？　たとえば、詩を詠《よ》ませたり、舞踊を披露させたりとか？」

翠にその方面の教養はまったくない。

「そんなあからさまではないわ。ただ世間話をしてお茶を飲むだけよ。でも会話すればいろいろ見抜けるものでしょう？」

「翠はツノナシというだけでもかなり分が悪いわね」

「でも天奮様のお気に入りでしょ。最高の高下駄《たかげた》を履《は》いてのぞめるわ」

「お気に入り……」

待遇はいいが、彼の本音がどうなのかは謎だ。瑞月が見つかるまでというのは口実で、実は廻帰の力を利用するために囲っている可能性もある。

「いずれにしても行くしかなさそうね」

翠は茶碗《ちゃわん》を置いて、覚悟を決めた。

「ごめんね、古桃。烏頭村に行くのは次の休みでもいい？」

せっかく彩姉と再会できるところだったが、相手が相手だけに断れそうにない。

粥をたいらげた古桃は、快《こころよ》く「うん」と頷《うなず》いてくれた。

「そうと決まれば身支度開始よ」

沙戸が意気揚々《ようよう》と立ちあがった。

「身支度……？」

「そうよ。いつもの地味で凡庸《ぼんよう》な身なりでは天人《てんにん》族のお姉様方に舐《な》められるわ。那霧様からもかわいく仕立てて送り出すよう指示をいただいてるの。お目汚しにならないようせいぜい美しく着付けさせてもらうわよ」

「ありがとう。助かるわ」

「おまえら、ふだんの翠が汚いみたいに言うなよっ」

「はいはい、古桃は今日はここでお留守番ね。おりこうにして、地獄律《りつ》の続きでも諳《そら》んじてなさい」

「やなこった」

古桃は沙戸に向けて、仏頂面で舌を出した。

半刻ののち、翠は、女官たちが持ちよった色とりどりの衣や金銀の飾りものに囲まれていた。畳一面が、花が咲いたかのように鮮やかだ。

「単衣《ひとえ》はどれにする？　桜色のがいい？　萌黄《もえぎ》？　それとも縹《はなだ》色のほう？」

「領巾《ひれ》はわたくしの一張羅《いっちょうら》を貸してあげる」

「翠は色白だから淡い色でも映えるわね。薄物を二枚くらい重ねて豪華にしましょう」

「耳飾りはわたしの銀細工の揺れものを貸してあげる。〈美筒《びづつ》屋〉の特注品よ」

「みんな、今日はやけに協力的ね……」

休日の女官はともかく、勤務中の女官たちまで集まってきて、ああだこうだと衣装合わせにつきあっている。沙戸などはかいがいしく髪まで梳《くしけず》って結い直してくれるのだ。翠は自前のよそゆきは一着ほど――それも、ここへ来てから与えられたものしかないのでありがたいのだが。

沙戸が髻《もとどり》をつくりながら答えた。

「正直、わたくしたちが本気で天鶩様の花嫁になれるとは思ってないわ。奇跡的確率で目に留まっても、せいぜい一夜限りの戯《たわむ》れまで。玉の輿《こし》があるとすれば樒《しきみ》様をはじめ、天鶩様が懇意にされている美顔の貴族のご令息をご紹介していただけるのを夢見るのが現実」

「そうなの？」

貴族の娘ならだれでもいけるのだと思っていたが、別の女官も、

「そうよ、天人族のきれいどころに敵《かな》うなんて思ってないわ。生まれも育ちも雲上の、高貴かつ純粋培養のご令嬢と、十把《じっぱ》一絡《ひとから》げの量産型鬼娘ではそもそもの土俵が違うのよ。中

にはものすんごい才色兼備の異能持ちもいるの。わたしらみたいにちょっと霊力で芋を焙《あぶ》ったり、氷菓子が作れる程度じゃ、とうていかないっこないって」

「ほんとほんと、壁際から衣《きぬ》を握りしめて見つめるだけの永遠の片思いよ」

「でも翠、あんたは違うでしょ」

沙戸が鼻息も荒くして続ける。

「ツノナシにもかかわらず、どう見ても天鴦様はあんたを気に入っていらっしゃるごようすだし、おまけに閻魔庁を救うほどの手柄まで立てて十王に名を売ったわ。可能性は十分に秘めてる。あんたはわたくしたちにとって希望の星なのよ」

「そうよ、翠。あんたはこのまま天鴦様に尽くして虜《とりこ》にするのよ。そして館《やかた》持ちのお妃になれた暁《あかつき》にはぜひともわたくしたち台盤所の鬼娘たちを全員、館勤めにとりたててちょうだい」

館勤めになると品位があがって俸給が三割増しになるという。

「計算づくじゃねーか、おめーら」

腹ばいになって飾りものを畳にならべて遊んでいた古桃が突っ込むと、

「おまえだって一気にお妃付きの女官に昇格なのだから悪い話ではないでしょう、古桃」

「あたしは翠と一緒ならどこでもかまわねーから」

古桃はどうでもよさそうだ。金や地位に興味はないらしい。

でも、女官たちも決してお金だけではないのが肌で感じられる。最近はお互いずいぶん馴染《なじ》んできたし、格下とはいえ、彼女たちにも貴族の娘としての意地や誇りはある。どこまで行けるのか、自分をかさねて挑みたい気持ちが少なからずあるのだろう。

「わかった。頑張ってくるね」

閻魔のお妃云々《うんぬん》はさておき、みんなのせっかくの応援を無駄にしたくはない。

それに天奮の叔母上がどんな方なのか、純粋に興味があった。

2.

閻魔庁は数多くの殿舎や楼閣《ろうかく》からなる建築群で、四方は角楼の立つ高壁に囲まれている。官庁の殿閣《でんかく》が集まる外廷の南の正門をくぐれば、白い砂利《じゃり》の敷き詰められた広大な庭が広がり、閻魔王が亡者に裁きを下す光明殿《こうみょうでん》へとつながっている。

その吹き放ちの広縁を持つ殿舎のなかで、司命《しみょう》の榕は、高座の天奮とどうでもいい雑談をしていた。

開廷前、昨日の残務をこなすために早出していたところなので、まだ獄司も補佐官たちも来ていない。もちろん亡者も出廷していない。この勤務時間外の、くつろいだ空気が榕は好きである。

三人分のお茶を淹《い》れてきた司禄《しろく》の那霧が告げた。

「そういえば、翠が夏葉様の茶話会に招かれました」

「叔母上の？」

天奮がわずかに眉をひそめた。

「ええ。榮玄様が花瓶を割ったので直してもらいたいと。お洒落《しゃれ》させて出席するよう沙戸に命じておきました」

那霧はにこりと笑って閻魔の黒檀《こくたん》の机に湯呑《ゆのみ》を置いた。

「…………」

「さっそく目をつけられてしまいましたね」

榴は肩をすくめた。天奮は、夏葉とは血縁関係にあるものの親しい間柄とはいいがたい。

「ああ、ふだんから花嫁候補をあつめて監視しているくらいなのだから、翠を放っておくわけがない」

単なる好奇心か、あるいはすでになにか胸積もりがあるのか、曲者《くせもの》の叔母が堂々と出張ってくるとなれば厄介《やっかい》である。

天奮はこれまで花嫁の選定に関してはずっと無関心を装ってきたが、このたび王宮入りしたのは天奮がみずから指名した娘だ。それが氏も持たない下層民のツノナシだったのは、叔母にとっては寝耳に水だっただろう。あとになって、結《むすび》家という異能を持つ一族の末裔《まつえい》らしいことが判明したのだが。

「ほかにもちらほら、彼女の力についてたずねる声を耳にします。どういう筋の異能だとか、どこまで応用できるのかなど……。もちろん修繕に関する依頼もきています」

あの事件以来、冥府ではさまざまな噂や憶測が飛び交っていて、彼女の出自についての問い合わせが絶えない。もちろん天奮の命令に従って黙秘しているし、実のところ、結家や廻帰の力についてははっきりしていない点も多い。

「うふふ。みんな翠に夢中だわ」

那霧が盆で口元を隠し、含みのある笑みを浮かべる。

「俺もこれほどに興味を駆りたてられる女ははじめてだな」

天奮も湯呑に手をのばしながら感慨深げにつぶやく。

「そりゃあ閻魔王の股間《こかん》を蹴《け》った女はほかにいませんからね」

まじめに指摘すると、那霧が目を丸くした。

「まあ、翠ったら行儀が悪いこと。殿方の一番大事なところなのに、万が一なにかあったらどうするつもりかしら」

「責任とって結婚してもらおうかな」

天奮が呑気につぶやいた。

「本気ですか?」

花嫁候補など、便宜上の肩書にすぎないと思っているのだが。

「まあ、瑞領家は許さないだろうね」

天鴦は他人事《ひとごと》のように言って笑う。

さすがにどこまでが本音かわかりかねて那霧と顔を見合わせていると、右獄司《うごくし》が補佐官と話しながらこちらにやってくるのが見えた。開廷の時刻が迫っている。

「今後、どうされますか？　その、翠殿に寄せられている依頼に関しては」

榣は、はっきりさせておきたかった点を手短にたずねる。

「すべてに応じる必要はないだろう。翠がやりたいというなら話は別だが、戻す対象は物だけに絞ってくれ。ひとはだめだ」

「なぜです？」

「気になることがあるんだ」

天鴦も居ずまいを正しながら言った。

「気になること……？」

「ああ」

刻《じかん》もないので詳しく語ろうとはしない。

「どのみち彼女自身にも負担がかかるから、むやみに使わせないようにしたい」

「翠はツノナシですものね。かよわい体に無理はさせられないわ」

天人族や鬼族に比べればたしかに寿命も短く脆弱《ぜいじゃく》な種族である。

「承知しました」

あくまで彼女の意思を尊重すると。そう捉《とら》えておけばいいだろうか。

天鶩は、政務に私情を挟むような愚《おろ》かなところは微塵《みじん》もないひとだが、今回に限っては彼女に対するもろもろの線引きがあいまいでどうも腹が読みきれない。

この先、あの娘の存在がいらぬ足枷《かせ》にならなければいいが——と、久しく抱かなかった懸念が榣の胸に生じた。

3.

翠は夏葉の茶話会に出席するため、彼女の住む玲仙宮《れいせんきゆう》に向かった。

玲仙宮は閻魔王宮の南にあって、広大な宮苑に面していた。

反り屋根の殿舎で、手入れの行き届いた庭先には大輪の芙蓉《ふよう》の花が咲き乱れている。土が肥《こ》えているようで、村では見たことがないくらいに大きくて美しい。案内してくれた女官曰《いわ》く、夏葉のお気に入りなのだという。

翠の装いも、ふだんのお仕着せよりずっと華やかだ。鶯《うぐいす》に若草色の衣を着かさね、薄紗《はくさ》の領巾をひきかけた、目立ちすぎない上品なよそゆき姿だ。

耳には翡翠《ひすい》の飾りを、髻を作って結いあげた髪には天鷲から貰《もら》った簪《かんざし》を挿《さ》してある。

白玉で茉莉花《まつりか》をかたどった銀の簪だ。小粒の水晶や真珠をあしらったささやかな垂れ飾りが清楚《せいそ》で気に入っている。

（茶話会か……）

村の井戸端会議にしか出た経験がないので緊張していた。

廻帰の力もこれまではひた隠しにしてきたので、だれかから依頼され、力を披露するのははじめてだ。

ふと翠はひらめいた。修繕を有償で受ければ、ひと儲《もう》けできるかも……。

（いっそ依頼人からお金を取る形にすれば、立派な商《あきな》いになる。天鷲に借りのある身なのでお金は欲しいし、貯《た》めればいつかは氏（戸籍）を買うのも可能だ。今回は天鷲の叔母上が相手なので、さすがに慎まねばならないが――。

女官に導かれてたどりついた茶話会の間は、硝子《ガラス》の格子《こうし》窓に囲まれているせいか、明るくて開放的だった。

招かれた娘は五人ほどいた。

みな、金銀の宝飾や、絹艶《づや》のよい織物や披帛《ひはく》で麗《うるわ》しく着飾って円卓を囲んでいる。

しとやかそうな顔立ちの令嬢ばかりで、話し声も汀《みぎわ》にうちよせる小波のごとく上品である。

上座の壮齢《そうれい》の女人が天鴦の叔母である夏葉だろう。

こちらも若かりしころの華やかさを十分に偲《しの》ばせる顔立ちで、紺地に金襴《きんらん》の見事な半臂《はんぴ》を纏《まと》って、あたりを圧する王族特有の貫禄《かんろく》があった。

「お初にお目にかかります、翠と申します」

翠は沙戸に教わったとおり、両手を合わせて慇懃《いんぎん》に礼をとった。地方の田舎の村娘だった自分が、王家の人に挨拶する日が来るなど夢にも思わなかった。

「そうかしこまらずともよい。そちらにそなたの席を設けた。楽にせよ」

夏葉が向かいの空席を手で示してくれた。柔和な笑みに少し緊張がとけた。

翠は椅子《いす》をひいて円卓についた。

「はじめまして、翠殿。わたくしは宋帝《そうてい》州出身の卯果《うか》といいます」

となりの令嬢がほほえみながら名乗った。組み紐《ひも》をからめて結い下げた白金の髪に、銀箔《はく》をささやかにちりばめている、可憐《かれん》な天人族の娘である。

「よろしくお願いします」

「わたくしは梨桜《りおう》、よろしくね」

反対側の令嬢も天人族で、白魚のような繊手《せんしゅ》に珠玉をつらねた腕輪をはめている。銀粉を波打つようにほどこした薄桃色の爪紅《つまべに》がまた上品で、思わず見入ってしまった。

みな閻魔の妃となるべく、日々、こうして妍《けん》を競っているのだろう。

話し方だけでなく、茶を飲むときの指先の動きにいたるまで楚々《そそ》として美しい。

もちろん敵愾心《てきがい》むきだしで吠えかかってくるような娘はひとりもいない。翠はなにやら気後《きおく》れして声も出ないほどで、水仕事のせいで荒れぎみの手を、沙戸たちが持たせてくれた手巾でさりげなく隠していた。

「そなた、王宮に来てもうじきひと月になるか。台盤所の仕事には慣れたか？」

夏葉が問うてきた。

「はい。ひととおりは覚えました」

「聞けばそなたは異能持ちのツノナシであるとか。諸王が集《つど》う十王会議の夜に、見事、閻魔庁の不祥事を治めたのは手柄であった。わらわからも感謝を述べよう」

「天鴦様のお力添えがあってのことでございました」

翠は謙虚に返した。実際はもうひとり、瑞月の協力もあった。ひとりではとても戻しきれなかっただろう。

「今日はわらわもそなたにひとつ頼みがあってな」

夏葉は女官に合図を送り、方形の桐箱をもってこさせた。

茶器が退《しりぞ》けられ、円卓の上にそれが置かれた。

「見よ」

彼女が蓋《ふた》を外すと、濃紫色の繻子《しゅす》が敷きつめられた箱の中には半壊した花瓶が入っていた。

「気に入っていた花瓶を桀玄が割ってしまったのだ。そなた、修復できるか？」

見るからに高そうな花瓶である。牡丹《ぼたん》か芍薬《しゃくやく》らしき花が淡く描きだされているが、割れているためよくわからない。とくにすぼんだ口元のほうが派手に壊れ、欠片《かけら》はすべて箱の角に集めて収められていた。

「できます」

翠は花瓶の底部のなめらかなところにすっと手をかさねた。

対象物の状態は単純な破砕なので、幻視するまでもなかった。無機質な陶器でも、探ればそれ特有の波長みたいなものがある。それを拾いながら念じた。

——原点廻帰。

対象物が小さいので、力はたやすく発動した。ゆらりと霊力が生じて、割れて散ったであろうはずの欠片や粉が、たちまちあるべき場所に戻って元の状態をかたち作る。

「まあ……」

令嬢方も一様に目を凝《こ》らしてそのさまを眺めている。

この手の単純な修復過程は、自分でも見ていて気持ちがいい。

最後の破片がぴたりと口元に戻り、半壊していびつだった花瓶がきれいに蘇った。

「おわりました」

徳利《とっくり》型の青磁の花器《かき》だった。鶴《つる》に牡丹が描き出されている。

「ほう、見事だ。傷のひとつもない。新品そのものではないか」

どんな仕掛けかと、夏葉も花瓶を手にして眺めまわす。

「素晴らしいお力ね」

「便利だわ。壊れたものがこんなふうに直せてしまうなんて……」

令嬢方は口々に賞賛の声をあげる。

「ほかに綻《ほころ》び、崩れ、亀裂《きれつ》などにも対応できます。お困りでしたらぜひおっしゃってください。安価でお引き受けいたします」

翠はここぞとばかりにほほえんで宣伝しておいた。

「どうぞ」

夏葉の侍女が翠の分のお茶を淹れてくれた。

贅沢《ぜいたく》な八宝茶《はっぽう》だった。枸杞《くこ》の実や棗《なつめ》や山査子《さんざし》などが浮かんでいる。

一口飲んでみると、玫瑰《はまなす》の香味とともにはじめた氷砂糖のほのかな甘みが口内にひろがった。

（おいしい……）

おなじ八宝茶でも、台盤所で飲む残りものの出がらしなどとは比にならない。材料はもちろん、淹れ方も飲む場所も違うから、よりおいしいのだろう。

反対側からは、乾燥果実やごま団子、それに見たことのない焼き菓子が運ばれてきた。

「まあ、こちらは転輪州《てんりんしゅう》の銘菓〈金最中《きんもなか》〉ですわね」

令嬢のひとりが言った。金塊を模した最中で、餡《あん》の中には砂金が混じっているという。

「翠よ、そなたも好きなだけ食べるがよい。褒美だ」

「いただきます」

夏葉の勧めで、〈金最中〉をひとつ食べてみた。

皮はさくりと軽く崩れた。餡には木の実が混ざっているらしく、舌の上で上品な甘みと香ばしさが蕩《とろ》けあった。

(これもおいしい……)

溜まっていた体の疲れがじんわりと癒《いや》されるようだ。

翠はふと、天ヶ瀬《あまがせ》の村の暮らしぶりを思い出した。村の娘たちが汗水垂らして必死に糸績みをして働いているあいだ、ご令嬢方は優雅にこの高級な菓子を味わい、お茶で喉《のど》を潤してお喋《しゃべ》りに花を咲かせるのか。

(この差はなんなのだろう……)

出自だろうか。天人族に生まれ落ちただけで、裕福で満たされた暮らしが約束されていると?

(でも、知られざる苦労があるのかもしれないわ)

翠たち台盤所の下女や女官は、大声で快活に笑ったり、箒《ほうき》を持って鶏《にわとり》を追いかけたりするけれど、この令嬢たちはきっと、そんながさつな行いは許されない。常に礼節に縛られ、意外にも窮屈な思いをしているのかも――。

「そなた、えらく上等なものを挿しておるな」

夏葉が翠の簪に目をとめて言った。

「あ、これはいただいたもので」

なんとなく角が立ちそうな気がしてあえて名を伏せたのだが、

「ほう、どの者からだ？」

夏葉のみならず、ほかのご令嬢方もじっと注目している。

答えないわけにもいかず、控えめではあるが正直に告げた。

「……天鶩様です」

夏葉の目が眇《すが》められた。

「どれ、わらわに見せてみよ」

「翠殿は、天鶩様とはどちらで、どのようにお知り合いになったの？」

卯果が訊《き》いてきた。閻魔王と下層民のツノナシの娘なんて、接点がなさすぎて想像もつかないだろう。

「奉公先で折檻《せっかん》されていたところを、たまたま村にやってきた天鶩様が気づいて助けてくださったのです」

　いまだに信じられない。あの冥官の青年がまさか閻魔王だったとは。

「まあ、さすが天鵞様、お優しいわ」

　ご令嬢方がさざめいた。

「花嫁候補の札をお受け取りになったのはそのときですの？」

　その噂は届いているようだ。

「はい。でもわたしが閻魔庁に行きたいと言って、たまたま天鵞様の持ち合わせがそれしかなかったからで」

　なにも花嫁候補として渡したわけではなかったらしい。

「では、天鵞様は翠殿をお選びになったわけではないのかしら……？」

　卯果が小首を傾《かし》げていると、

「そうとも言いきれぬ。よく見てみよ、この簪の花飾りを」

　夏葉が、手にして眺めていた翠の簪をみなに示した。

「花細工が茉莉花だ」

「ほんとうですわ」

　ご令嬢方は目をみはった。たしかに玉でかたどられた茉莉花がある。

　翠はなぜ驚かれるのかわからなかったが、

「茉莉花は閻魔王妃の象徴花だ」

かすかに笑みをはいて告げられた。

王妃の住まう素馨宮《そけいきゅう》の素馨とは茉莉花のことで、庭先には花が咲き誇り、正装時の上衣にも織り出されているのだという。

「……それは存じませんでした」

美しい花だとは思っていたが、そんな意味があるとは知らなかった。たしか、はじめて王宮に連れてこられた夜も、髪に生花の茉莉花を挿された。単に、天翁の好みなのだと思っていたが――。

「初代の王妃を弔《とむら》った場所にこの花が咲き、いつまでも香っていたのにちなんでいるそうだ。天翁も当然、承知の上であろう。そなたを妃にする胸積もりがあるとみてよい」

「まあ……」

みな、驚きと羨望の入り混じった表情で顔を見合わせる。

（そんな気あったのかな……？）

翠は簪をくれたときの天翁を思い返してみる。じっと見つめられてどきっとしたが、とくにそれらしい言葉はなかった。そもそもこの簪は、獄漏《ごくも》れを鎮めたお礼として与えられただけだ。

「わたしは氏もない格下のツノナシです」

「気にせずともよい。我が王家一族に嫁《とつ》せば立派な氏持ちとなれる。そなたにとっては、またとない僥倖《ぎょうこう》だな、翠」

一見、そうなるよう、こちらを鼓舞しているふうに見える。が、本音はどうかわからない。

「……恐れながら申しあげますが、わたし、実は行方知れずの弟を捜すために、ここにいさせてもらっているだけなのです」

なにやらご令嬢方からも妬《ねた》みを買いそうな気がしたので、正直にうちあけた。

幼少期から閻魔の妃になるよう躾《しつ》けられ、おそらくそれを夢見て育ってきた彼女らにしてみれば、翠の存在はおもしろくないはずだ。もちろん顔には出さないが。

「ほう。そのような話も耳にはしたが、事実であったか」

ある程度は把握していたふうだ。

翠が花嫁候補ではないと知ると、令嬢たちのはりつめかけた気配もとたんにやわらいだ。

「弟君は行方不明ですの？」

卯果が訊いてくる。

「はい。昨年、官吏登用試験に合格して、ここに勤務しているはずだったのですが――」

半年ほど前から手紙が途絶えている。なにかよくないことが起きているのではないかと心配になり、閻魔庁に来てみたものの、どの部署にも瑞月の籍はなかった。調べでは受験さえもしていないのが判明している。翠が見た合格証は偽造だったのだ。

「妙な話ですわね」

みな、首を傾げている。

「ええ。手紙では、たしかに官吏の仕事をしているふうだったのに……」

そこでふと翠は思いだした。

「そういえば、毎月、お金を受け取っていたわ」

天ヶ瀬村にいるときに、瑞月から俸禄《ほうろく》の一部が送られてきていた。

「弟君から？」

「はい。月の中頃にきちんと決まった額を」

閻魔庁を中心に、各王庁に銀行業務を請け負う窓口があって、翠は毎月、瑞月の戸籍上の養父である村長からまとまった金子《きんす》を受け取っていた。だからこそ、まじめに勤務しているのだと信じて疑わなかったのだ。

夏葉が言った。

「俸禄は月中に支給される決まりだ。一度、吏部《りぶ》にでも問い合わせてみるとよい。送金依頼主がわかれば手がかりもつかめるだろう」

「吏部……」

閻魔庁にはじめて来た日に立ち寄った部署だ。翠は獄賊とみなされて、つまみだされた。

「わたくし、このあとちょうど本庁に用事があるので、一緒に参りましょうか？」

はす向かいの席でお茶を飲んでいた令嬢が言った。目元のきりりとした涼やかな美人だった。

「お願いしてもいいですか？」

また厄介事が起きるといけないので、だれかに同行してもらったほうがいい。

「ええ。もちろん。わたくしの名は早鶴《さづる》よ。よろしくね」

早鶴が名乗ると、梨桜が憧憬《しょうけい》のまなざしを注いで言った。

「早鶴さんは獄にお勤めもなさっている立派な冥官ですのよ。わたくし天翥様がお選びになるのは早鶴さんだと思っておりますの」

「ふむ。たしかに早鶴ならば釣りあいも取れよう」

夏葉も認めているふうである。

「いいえ。わたくしは仕事がら、お妃になるのは難しいですわ。天翥様もきっと心得ておられます」

「ほほほ。早鶴さんたら、またそんなご謙遜《けんそん》を」

「このなかで一番、天翥様と親しくおつきあいされているのは間違いなく早鶴さんですわ」

まわりにおだてられても早鶴は、いつも仕事の話ばかりなんですよと苦笑を浮かべている。

「早鶴さんのお勤め先は獄のどちらなんですか？」

名家の令嬢はみな、王宮に行儀見習いに来る程度か、着飾ってお茶を飲んでいるものだとばかり思っていた。

「衆合《しゆうごう》地獄の刀葉林《とうようりん》です」

「刀葉林……」

八大地獄のうち、第三層目の衆合地獄の一角にある、人間道にも名を轟《とどろ》かせている名物地獄である。主に、色に溺《おぼ》れた男の亡者が罰せられると言われている。

「色欲にとらわれた愚かしい亡者を懲らしめて自省に導く、麗しい女獄吏たちを束ねているのがこの早鶴さんなのですわ」

「そうなんですね」

たしかに早鶴は、なみいる佳人《かじん》の中でもひときわ洗練されて見える。ただ美しいだけではない、頼りがいのありそうな、威風堂々とした風格に満ちているのだ。

だが、亡者が相手とはいえ、男に媚《こ》び、翻弄《ほんろう》するのが仕事となると、お妃にはふさわしくないという声も出るかもしれない。

「ところで早鶴、刀葉林のようすはいかがか。今年は花をつけたという噂をまだ聞かないが」

「そういえば、そろそろ季節ですわね」

ほかの令嬢方も首を傾げる。

「今年は少し遅れているようで、蕾《つぼみ》もまだ固く閉ざした状態でございます」

早鶴が答える。

「いつもならもう咲いているのにおかしいな。この週の終わりに花見をするつもりであったが間に合わぬか」

「はい、ただいま鑑賞会をひらかれる方々のために必死に育てているところでございます。いましばらくお待ちくださいませ」

早鶴は恐縮しつつもほほえんで詫《わ》びた。そつのない返しに満足したようすで「うむ」と夏葉は頷く。

その後、たわいない話がいくつか続いたが、午《うま》の刻になるころに会はおひらきになった。

「翠よ。そなたもぜひ、また次の会にも顔を出すとよい」

部屋を辞するとき、夏葉がそう誘ってくれた。ほかの令嬢たちも「またご一緒しましょう」とほほえんでくれた。

(無事に終わってよかった……)

沙戸たちが構えていたから、もっと蔑《さげす》まれたり冷たくあしらわれるのかと思ったが、そうでもなかった。育ちのよい天人族の娘たちはみな心にゆとりがあって、他人を卑《いや》しめるなどという思考ははなから持ちあわせていないのかもしれない。

夏葉の部屋を出たあと、翠は早鶴とともに閻魔庁のある外廷に向かった。

ふと、沙戸から借りた手巾がないことに気づいた。

「手巾をどこかに落としたわ」

立ち上がったひょうしに床に落ちて、気づかずじまいだったのだろう。慣れないものは扱いに注意せねばならない。

「わたし、夏葉様の部屋に戻って見てきます」

早鶴にはその場で待ってもらって、翠はひとり茶話会の間に引き返した。

出入り口の手前まで来たところで、湯呑や菓子器などを片付ける音に混じって夏葉と侍女たちの会話が聞こえてきた。

「そろそろ榮玄が剣術の稽古《けいこ》をする刻《じかん》だ。母もひさびさに顔を出そうと思うのだがいかがか？」

「かしこまりました。ただいま道場にお伝えしてまいります」

「夏葉様、この花瓶はどちらに置きましょうか？」

別の侍女が問うと、

「捨てておけ」

冷ややかに命じる声がした。

(捨てる……?)

「かしこまりました」

粛々《しゆくしゆく》と頷く侍女の声がそれに続く。驚きもなく、ある程度予測していた受け止め方だ。

(せっかく直したのにどうして……)

傷ついたような、腹立たしいような、そのどちらの心境にもなった。

あの花瓶は、翠の異能をたしかめるための小道具にすぎなかったのだろうか。そのために、はじめから不要だったものをわざと壊して直させた?

次の茶話会にも来るよう誘ったのも社交辞令だったのだ。

「…………」

しかしここで顔を出すのは野暮なので、翠は引き返した。手巾はまたあとからあらためて取りに行けばいい。

せっかくみんなが協力してくれたのに、よい結果が得られなくて申し訳なかった。

(はー、あんな高価な花瓶、捨てるだなんてもったいない。貰っておけばよかったわ)

埃《ほこり》ひとつない廊を戻りながら、そこは純粋に後悔した。

4.

「手巾は見つかって？」

先で待っていた早鶴に訊かれたが、

「いいえ、やっぱりあとにしました。お待たせしてすみません」

翠は適当にごまかし、ふたたび早鶴と閻魔庁に向かって歩き出した。

「刀葉林の木にはどんな花が咲くんですか？」

衆合地獄には行ったことがなく、刀の葉に咲く花など想像もつかない。

「とてもきれいよ。尖りのある花びらで、八重咲のものが多いわ。色は白か薄桃で光沢があるわね。一番の栄養分は亡者が流した血なの。正確には血に含まれている鉄分なのだけど」

それが地に染み、樹木が吸いあげて美しい花や鋭い刀の葉をつける。亡者を虜にして登らせれば登らせるほど、より多くの血が流れて樹がすくすくと育つというわけである。

(残酷《ざんこく》だけどうまくできてる……)

翠が感心していると、

「あなたについては那霧から聞いているわ。かわいらしいツノナシの子が王宮に入ってきたから飾りがいがあって腕が鳴るのだと」

「那霧様から？」

「ええ。幼馴染《おさななじみ》なのよ。それでたまたま天鶱様と話す機会にも恵まれただけ……。一番の有力候補がわたくしだなんてとんでもないわ。どのみち天鶱様は、血縁者のだれかが閻魔庁にかかわっているような娘はお選びにならないでしょう」

「なぜ？」

不思議に思ってたずねると、早鶴は声をひそめた。

「以前、天鶱様には気に入った女官がいたの。閻魔王の座につかれて間もないころの話ね。視察に行った先で見つけた地方官の娘で、名は深雪《みゆき》と言ったかしら。清楚でかわいらしいお方だったわ」

「………」

そういう相手がいたとは意外だった。あの男ぶりだし、立場上、まったくいないのも逆におかしいのだが。

「でも、王宮入りしてひと月もたたないうちに、深雪殿は死芙蓉の毒にあてられてお亡くなりになったの」

「死芙蓉……？」

不吉な響きである。

「身近な者から向けられる怒りや妬みや不安を取り込んで育つ花よ。花のなかで死に至る悪《あ》しき力が生成されるの」

「悪しき力……」

「酔芙蓉《すいふよう》という花があるでしょう？」

「夕方になると花の色が変わる？」

「ええ。それに似て、花の色が白から赤に変わるとき、悪しき力が最高潮となるとか。異能持ちがしばしば妖術の小道具として扱うわ。使い手によって毒になったり武器になったり」

深雪は毒死とされているが、死芙蓉を通して毒を盛られたのは間違いないという。死を迎える瞬間まで、仕込まれた死芙蓉はだれの目にも映らなかったそうだ。

「だれかが深雪さんを狙ったの？」

「そう。お妃になるのは確実と囁《ささや》かれていて、お腹《なか》には天鳶様の子がいるという噂まであったから、娘を嫁がせたい廷臣たちからは相当に妬まれていたでしょう。目的は御子の抹《まっ》殺《さつ》だったのではないかと言われているわ」

「…………」

胸がしんと冷えた。世継ぎができるのはよろこばしいことではないのか。

「あくまで噂にすぎないわ。そもそもほんとうに身籠っていたのかどうかもわからないの。

でも、とにかく深雪殿は亡くなった。まわりからの妬みを集めて育った死芙蓉の威力は壮絶で、それはそれは惨《ひど》い死に様だったと聞いたわ。その事件以来ね、天鴦様が閻魔庁にかかわりのある女人にさっぱり興味を示されなくなったのは」

深雪を忘れられないというよりは、娘たちが無駄に争ったり、陰惨《いんさん》な事件が起こらぬよう、あえてかかわらないようにしているのではないかと早鶴は言う。

「そうだったの……」

天鴦に、なんのしがらみもない市井《しせい》の娘を選んでもいいよう札が用意されていたのには、そんな理由もあったのかもしれない。

「それでもツノナシのあなたに花嫁候補の札を持たせたなんて、閻魔庁の面々は仰天だったのだけれど」

早鶴も意表をつかれたという。

「わたしも驚きました」

ただの入庁許可証だと思っていたのだ。

「案外あなたに本気なのかもしれないわね。弟君を捜すためだけにそばに置いておくなんて妙ですもの」

早鶴はおかしそうに笑う。

「どうなんですかね」

本人から興味があるとは言われた。

だが、その興味がどこに向いているのかが問題だ。ツノナシの自分を妃にするとは考えにくいから、やはり廻帰の力だろうか。それを得たとして、どうするつもりなのか。

もちろん目的がどうであろうが、こちらは瑞月が見つかるまでは王宮で世話になる身だ。恩返しの意も込めて精一杯働くつもりでいる。


吏部は閻魔庁の三階にある、冥府の人事をつかさどる部署である。

窓口となる部屋に早鶴と出向くと、正面の席に座っていた見覚えのある長官と目が合った。

「おや、あのときの……」

下女の姿でも、顔ですぐにわかったようだ。ほかの冥官たちも気づいて、一斉にこちらを向いた。

「翠《すい》と申します」

「ええ、本当に閻魔王の花嫁候補だったようで、その節はご無礼をいたしました。このとおりお詫び申し上げます。早鶴殿もご一緒で、本日はいかがなされましたか？」

態度は一変して恭《うやうや》しくなっていた。

早鶴にも同様に腰低く礼をとっている。刀葉林の女頭領としてか、あるいは名家出身の花嫁候補だからか、早鶴はかなり顔の利く存在のようだ。

翠は礼を返してから長官に頼んでみた。

「調べていただきたいことがあるのです。あの日、わたしが捜していた弟の件について」

「ああ、弟君の……、名をなんと言いましたかな？」

「弟の名は瑞月ですが、わたしの村に毎月、閻魔庁から俸給を送ってきてくれていた人物がいたので、そのひとの名前を知りたいんです」

「さきほど夏葉様も気にしておられましたわ。こちらで送金の依頼主が確認できると思いますので、ひとつ調べていただけませんか？」

早鶴も口添えしてくれた。夏葉の名まで出されては拒めないようで、長官は渋い顔で顎《あご》髭《ひげ》をさすりながらも、

「ふむ。翠殿の出身は初江州《しょこう》の天ヶ瀬村でしたな？」

「はい」

「賽《さい》君、ちょっといいかね」

近くの席でそろばんを弾いていた算師を呼びつけると、送金の記録を調べさせた。

算師は言いつけ通りに壁際に並んだ書棚のほうに向かい、送金の記録とおぼしき帳簿をひっぱりだしてきた。

何枚かのページを手早く繰ってから、指先で数字と日付をなぞって初江庁の天ヶ瀬村宛ての記録を探しだす。

「ありました。毎月、決まった日に送金されてますね。送り主は兵部《へいぶ》の透千《とうせん》という人物です」

「透千ですって？」

となりで早鶴が目をみはった。

「ご存じなんですか、早鶴さん？」

「ええ。透千なら刀葉林の担当官のひとりだけれど」

衆合地獄の獄府に詰めている獄吏《ごくり》で、刀葉林の管理運営を監督している人物なのだという。

「どんな方なんですか？」

「昨年に入庁したばかりの新人よ。まじめで気働きのあるいい子よ」

「去年入庁なら弟とおなじ年だわ」

一瞬、同僚かと思ったが、そもそも瑞月は官吏にさえなっていない。

「なぜ透千が天ヶ瀬村に送金など？」

早鶴も腑《ふ》に落ちないようすだ。

「ご本人に会って話を聞きたいです。……でも、今から衆合地獄に行かなくちゃいけないのか」

獄にはいい思い出がないし、獄路を使って降りるにしても路銀がない。

「わたくし、明日には獄に戻るから、一緒においでになる?」

「はい。……でも明日はもう仕事があります」

さすがに二日も連続で、しかも急に暇をもらうのはほかの仲間たちに申し訳ない。

すると長官が言った。

「月初だから、監督系の獄吏はちょうど明日あたりにでも月次報告で本庁に出向いてくるんではないかね」

現場の報告のため、月のはじめの数日間は閻魔庁に出仕する決まりなのだという。

「そういえばそうだわ。待っていればこちらで会えるんじゃないかしら」

早鶴も頷いた。いい時期に当たったようだ。

「では、待つことにします」

一刻も早く手がかりをつかみたいが、明日なら一晩寝て待つだけだ。

翠は長官らに礼を言って吏部を辞した。

別の冥官に用があるという早鶴とは、ここで別れた。

別れ際に、いつか見学がてら刀葉林に遊びに来てとほほえんでくれた。

5.

王宮に戻るには、一階か、渡り廊下のある四階まで移動せねばならない。

中央の吹き抜けから階下を見下ろした翠は、ふと足を止めた。

場違いなほどに華やかな女が、しゃなりしゃなりと歩いてくる。

大袖《おおそで》に織りだされているのは孔雀《くじゃく》に牡丹。交領《こうりょう》の胸元を大きくあけ、高下駄を履いた美脚を大胆《だいたん》にさらしている艶《あで》やかな美女である。

結いあげた髪には垂れ飾りのきらめく銀釵《ぎんさい》、柳腰には宝珠をつらねた組紐をまわし、これでもかといわんばかりに豪奢《ごうしゃ》に飾りたてている。

翠はじめ、どこの派手な遊女が行脚《あんぎゃ》に来たのかと思った。が、

（ん……？）

よくよく顔を見てみたら、その華やかに整った顔立ちには見覚えがあった。三途《さんず》の川の女冥官・奪衣婆《だつえば》の希子《きこ》である。

昼飯どきとあって、冥官や御用商人があわただしく行き交っているが、みな揃《そろ》って道をあけ、彼女に向かって恭しく頭を下げている。高位の冥官までもが足を止めて彼女に礼をしているから、冥界での地位は相当に高いのだろう。

階段にさしかかったところで、上の階を仰いだ彼女と目が合った。

朱色の目張りの入った目が大きくみひらかれた。

「おお、翠ではないか」

覚えていてくれたみたいだ。

「おひさしぶりです」

「ちょうどよかった。いまから閻魔のところに行くのじゃ。翠も来んか」

「わたしも？　いいんですか？」

瑞月の情報がなにかつかめたのだろうか。

「よいぞ。そこで待て」

希子は大袖をひらめかせて悠然と階《きざはし》を上ってくる。

今日は休みなので昼餉《ひるげ》の支度もない。天鴦にも会いたかったので、翠はお言葉に甘えて同行させてもらうことにした。


閻魔庁の最上階。

天鴦はまだ光明殿から戻っていないというので、ふたりは額縁の飾られた部屋に通された。希子曰く、ここは閻魔王が獄司らと密話するための場所らしい。

毛筆で流麗《りゅうれい》に書かれているのは『酷《むご》く、正しく、美しく』の文字。閻魔庁の獄訓である。

真ん中には艶やかな黒檀の長机があった。机を囲む椅子は一人掛けが五脚と三人掛けの長椅子がひとつで、どれも背もたれには美しい螺鈿《らでん》がほどこされていた。

机の上には蒔絵《まきえ》のほどこされた煙草盆《たばこぼん》が用意されていた。

（煙草……？）

火入れ、灰落とし、煙草入れ、煙管《きせる》が二本揃っている。だれが吸うのだろう。

希子が一人掛けに座ったので、翠は向かいの長椅子に腰かけて天鴦を待った。

小粒の宝石があしらわれたきれいな爪紅を見せてもらいながら、「その宝石は本物ですか？」「当然じゃ」「使い終わったらどうするんですか」「懸衣翁《けんえおう》の爺《じい》が囲碁倶楽部《くらぶ》の絵手紙に再利用するのじゃ。おかげで老女にモテモテじゃ」などとたわいない話をしてしばらくすると天鴦がやってきた。

龍鳳《りゅうほう》紋の凜々《りり》しい判官の姿だ。最近、この麗姿《れいし》もようやく見慣れてきたが、柘榴《ざくろ》石を彷《ほう》彿《ふつ》とさせる美しい深紅の瞳と目が合うとやはり緊張はする。

翠があわてて立ち上がって礼をとるかたわらで、

「待ちくたびれたぞ、天鴦」

希子は優雅に煙管に手を伸ばしながら言った。

「すまない。審判が長引いた」

天鶱はきまじめに詫びて、やれやれとばかりに翠のとなりに腰を下ろした。

「翠はどうしてここに?」

軽く首を傾げられる。

「そこで偶然、会ったので連れてきてやったのじゃ」

「天鶱様、まだお仕事されていたんですね。てっきり食事を終えてこちらに来られたのだとばかり」

「刻《じかん》がないから昼は抜きだ。このあとすぐに獄司らと擦《す》りあわせが……」

「そんな。ご飯くらい食べてください」

「いいんだ。慣れてるから。希子はこのあとが本番だから待たせられないしな」

亡者が三途の川に押し寄せるのは、秦広王《しんこうおう》が第一の審判を終える午《うま》の刻以降である。

「………」

支度した食事が、しばしば台盤所に手つかずで返ってくるが、あれは急な外出などで不要になったからだと思っていた。天鶱は仕事をしすぎだ。体を壊してしまう。ただでさえ閻魔王の苦果《くか》(裁く者としての罪障を償う)を背負っている身だというのに。

「煙管を用意しろというからさせたが、だれが吸うんだ? てっきり連れでもいるのかと」

天鶱が煙管に葉をつめている希子に問う。口ぶりからしてふたりとも喫煙者ではないようだ。

「吸うのはおぬしらじゃ」

「えっ」

翠が面食らっていると、希子が袂《たもと》から紙の包みを取り出してひろげた。

「見よ。この墨《すみ》に浸したかのような刻み葉を」

真っ黒な刻み煙草である。

「なんだこれは？」

「〈墨煙草《すみたばこ》〉。麻薬の一種じゃ。黒い粉をまぶしてある。春先に出た新物だが、近頃、獄にも出回っておるそうでな。蔓延《まんえん》して獄卒《ごくそつ》どもの働きが悪くなるといかんのでそろそろ密告に来てやったのよ」

「このまえひとつ取り締まったばかりなのに、次から次へと鼬《いたち》ごっこが尽きないな」

「やつらも色をかえ品をかえて必死なのじゃ。これが傑作でな。見た目に反して香りが甘い。はじめは香りを楽しむ健全な花煙草としか思えんが、だんだん疲労が陶酔《とうすい》にかわり、心地よい酩酊《めいてい》のうちに眠りに落ちる。夢見るのはおのれの望みをかたちにした極楽の世。そこで財を成すのもよし、天下をとるのもよし、女を落とすのもよし。回をかさねるごとに夢の造りが深くなるので、続き見たさに手を出す輩《やから》が絶えないそうじゃ」

「夢幻系か。ときどき娯楽感覚で流行るやつだな」

「まずは一服、試してみよ」

　希子が火を入れると、軽い燻臭《くんしゅう》とともに、繊細で甘い香りがたちのぼった。

「翠も一緒にいい夢を見ようか?」

　煙管を受け取った天鶩が、翠のほうに吸い口をさしむけてきた。

　麝香《じゃこう》に似た、危険な感じの香りがすうっと鼻先をかすめる。

「え、遠慮しときます」

　翠が尻込みするのを見て、希子が笑った。

「ただの社会勉強ではないか。この先、うっかり口にした花煙草が麻薬入りだったなどということもありうる。味を覚えておけばドツボに嵌《は》まらずにすむぞ」

「そもそも煙草は吸いません。体に悪いし、お金ももったいないし」

「ただの味見だよ。今日は休みなんだろう?」

　天鶩も懲りずに勧めてくる。休みを把握されているらしい。

「いくら休みだからって、閻魔王がこんないかがわしいものを下女に勧めたりしていいんですか?」

　天鶩はにやりと笑った。

「このまえ悪い男になると約束した」

「あれは天鶩様がご自分で勝手におっしゃっただけでしょ。約束はしてません」

「こやつはどうせ悪い男じゃ。閻魔の座についていなければいまごろ飲む打つ買うで放蕩《ほうとう》の限りを尽くし、瑞領家の面汚《つら》しをくりかえす腐れ外道じゃ」

「そんなひどいひとだったの、天鵞様？」

　思わず眉をひそめてしまう。

「希子は冗談も休み休み言ってくれ。俺は修行時代も就学時代もおりこうさんの模範生だったよ」

　言いながらも、堂々と煙管を咥《くわ》えて墨煙草を吸いだした。

「だめです。一度でも手を出したらもうおしまいだって村の姐《ねえ》さんが」

「大丈夫だ。これしきの摂取でどうにかなる体でもない」

　天鵞は笑っている。模範生とはかけはなれた不良の笑みに見えるが。

「安心せい。我々は毒物にはある程度の耐性があるのじゃ」

　希子もおいしそうに吸い込んで味わっている。

「天人族だから？」

「修行時代に須弥山で自然に身についたものじゃ。あそこは七色の祥雲《しょううん》がたなびき、神獣が跋扈《ばっこ》する仙境。人体にとって有害なものも身近にごまんとあって、気の巡りにも支障をきたす。徐々に順応していくが、基本的に水を飲んだり息をするだけで修行になる」

「わたしなんかが行ったら数刻で死にそう……」

「うむ。否定はせぬ」

「しかしこれは——」

天鶩が、ふーっときれいに紫煙《しえん》を吐き出してから続ける。

「ほんとうにそれとはわからないな。麝香の香りに騙《だま》される。どこから入手したの？」

「衆合地獄にある酒場じゃ。元締めは転輪州の州都にある〈馬耳東風《ばじとうふう》〉という店で、ブツを獄に捌《さば》いているのはどうやら官吏とも通じている獄賊の一派らしい」

「……また聚楽《じゅらく》のところか」

ほんのかすかだが、天鶩の瞳が翳《かげ》ったように見えた。気のせいだろうか。

「聚楽とはどなたですか？」

「五道転輪王の御名《みな》じゃ」

「あ……」

冥府に来て以来、たびたび耳にしている十王の名だ。このまえの十王会議の夜にも閻魔王宮で見かけたが、覆面をしていたためにご尊顔は拝めなかった。

「このまえの大学寮襲撃事件も、官吏が獄賊と手を組んでのことでしたよね」

「冥府に不満のある者がつるんでいるのじゃろ」

現在の閻魔庁には、天鶩を廃して冥府転覆をもくろむ反対勢力があるという。大きな事件が起きたばかりなので気になっているところだ。

となりで煙草をふかしていた天鶩が、気怠《けだる》そうに背もたれに身をあずけた。

「あー気分よくなってきた。もう午後から仕事したくない。このままここで昼寝しようかな」

　冥界の王にあるまじき自堕落的な発言である。

「空腹でやるからそうなるのじゃ」

「おまえが勧めたんだろ。……翠、ちょっとここで横になるから添い寝してくれよ」

　ずいぶん親密な要求がきた。

「いやです。まずはお昼ご飯食べてください。それからちゃんと仕事してください」

「今日は終わりにしよう。もう左獄司たちの小言は聞きたくないし」

　冥府を取り仕切っているのは閻魔王だが、万事が彼の胸三寸で動いているわけでもない。叶わぬ冗談でも、口にすれば多少は疲れがまぎれるだろうか。本音が垣間見えて少しばかり胸が痛んだ。

　せめて軽食くらいはとってほしいと思い、

「わたし、いったん王宮に戻ります」

　短時間に食べられるおにぎりでも作って持ってきてあげようと、翠が腰を浮かせかけると、

「待て。瑞月に関して、ひとつ情報があるのじゃ」

希子が灰入れに雁首《がんくび》をうって引き留めた。

「なんですか?」

「墨煙草の話とも繋がるのだが、このところ転輪州で暴れている賊のなかに、斬っても斬れない不死身の男がいると聞いた」

「不死身の男……?」

ざわりと嫌な予感が生じる。

「あくまで噂だがな。何度太刀《たち》を浴びせても、たちまち傷口が元に戻って蘇生《そせい》してしまうとか。おぬしらの使う廻帰の力に似ていると思わんか」

当然ながら、希子も翠の廻帰の力については把握しているようだ。

「たしかに、自分の体に使えば不死身に見えるかも……」

瀕死《ひんし》の状態で使うのは危険だが、力の強い瑞月ならできるのかもしれない。

「でも獄賊のなかって……」

「おぬしの弟は獄賊となって反体制活動に身を投じている可能性がありそうじゃ」

希子は深刻に告げる。

「まさか、瑞月に限ってそんなはずは……」

おとなしくてまじめな子だったのだ。

「気持ちはわかるが、これまでに不死身の男の噂なんぞ耳にしたことはないのでな」

「………」

翠も自信はなかった。便りが途絶えてもう半年以上たつ。ひとも事態も日々めまぐるしく変わるこの冥都に来れば、人格も少なからず変わってしまうかもしれない。

「そういえばわたし、明日、瑞月の手がかりが得られそうなんです」

天ヶ瀬の村に送金していた、透千なる冥官についてふたりに話した。そのひとと会って話してみる予定だと。

「ちゃんと俸禄まで受け取っていたのか。そこは盲点だったな」

天鴦が意外そうに言う。

「わたしもすっかり忘れていました」

「しかし他人に金まで送らせて冥官を演じていたとなると、まったく用意周到だといわざるをえんな。そうまでしてきっちり姉を欺《あざむ》かねばならん理由とはなんなのじゃ？」

「それは……」

翠もわからず言葉をつまらせる。瑞月はいったいなにがしたいのだろう。

彼が自分や村人たちを欺いているという事実は、日に日に重みを増して胸を苛《さいな》む。ましてや獄賊になりさがったかもしれないなんて――。

「透千という冥官も気になるな。明日、そいつと会ったら、なにを話したか俺にも報告してくれないか？」

天鶩も灰を捨てて煙管を手放した。結局、ほんとうに味見程度だったようだ。

「わかりました」

当然、そのつもりだ。

「わしももう少し情報を集めてみよう。前金をしこたま貰っているのでな」

希子がフフフと笑った。そうだった。その金は天鶩が払ってくれたのだ。翠は俸給から返していくつもりでいるが完済はいつになるのやら。

「お願いします」

瑞月がまっとうな暮らしをしていることを祈りながら、翠は頭を下げた。

第二章 盾の羽衣

1.

翌日の朝一番。

閻魔庁《えんまちょう》に出仕しているであろう獄吏《ごくり》・透千《とうせん》に会うため、翠《すい》はひとりで外廷に向かった。

期待と不安が入り混じった複雑な心地だった。

透千は絶対に瑞月《みづき》を知っているはずだ。おそらく、翠や村人たちを欺《あざむ》いて彼がどこでなにをしているのかも。

真相は知りたいが、不安も大きかった。瑞月の身になにかあるような気がしてならない。希子《きこ》の言ったとおり、獄賊《ごくぞく》になっている可能性もある。

「兵部《へいぶ》は一階だったわね」

兵部は獄に勤務する獄卒《ごくそつ》を束ねている、冥府《めいふ》では最も大きな組織だ。閻魔庁の建物内に占める面積も一番広い。

翠は兵部の窓口業務を行っているところに行き、衆合地獄《しゅうごうじごく》から出仕している獄吏・透千をたずねた。

お仕着せを着ているせいか、角《ツノ》がなくとも、だれも翠をツノナシ呼ばわりしてつまみだそうとはしなかった。天人族《てんにんぞく》の娘とでも思われているのだろう。

「獄吏たちはただいま報告会の最中です。お伝えしておきますので別室でしばらくお待ちください」

対応してくれた女冥官《みようかん》が、となりの部屋に案内してくれた。

四人掛けの円卓があるだけの簡素な小部屋だった。冥官たちが打ち合わせするための場所だろう。翠はそこでひとり椅子《いす》にかけ、透千が来るのを待った。

庭に面した花頭窓《かとうまど》がふたつ並んでいて、緑の生い茂った林苑が見える。高塀で隔てた向こうにあるのは閻魔王宮である。

台盤所《だいばんどころ》ではすでに昼餉《ひるげ》の支度が始まっている。

（あとどれくらい待てばいいんだろう……）

沙戸《さと》に頭を下げて抜け出してきた身なので、あまり長居もできないのだが、瑞月についてて訊《き》きたいことが山のようにある。待ち遠しく思っていると、四半刻がすぎるころ、人の足音と気配がして戸があけられた。

（えっ？）

翠は立ちあがった。

一瞬、息がとまるかと思った。入ってきた獄吏の顔が瑞月にそっくりだったからだ。

（瑞月……？）

男は濃紫色の円領《えんりよう》の袍《ほう》を着ている。兵部の官服である。村にいるころ、閻魔庁勤務になった瑞月の姿を何度か想像したものだが、まさしくその通りの凜々《りり》しい姿だ。

しかし幞頭冠《ぼくとうかん》を載せたその頭にはなぜか二本の角がある。

翠はじっと角に目を凝《こ》らした。つけ角かもしれないが、見た目は鬼族の若者そのものだ。

「姉さん」

男が口をひらいた。瑞月の声だ。やはり本人なのか。

「瑞月なの……?」

翠は信じられないまま問う。

なぜ試験さえ受けていない瑞月が、官吏の姿でここにいるのだ。

驚き一色の翠とは対照的に、瑞月はとても冷静だった。

「うん、そうだよ」

硬い声だったが、そのあと少しだけ、はにかんだように口元をほころばせた。

瑞月だ。

翠は思わず駆けよって、飛びかからんばかりに抱きついた。

「よかった。無事だったのね」

ちゃんと生きていた。無事に会えた。瑞月が生きている、ただそれだけで満足だった。

いろいろわからないことだらけだが、どうでもよかった。

「瑞月……、心配したのよ。どこ行っちゃったのかって。手紙だってちっともよこさないし。もしかしたら死んでるんじゃないかって……、でも、生きてた。……無事でほんとによかった」

瑞月の胸に頬《ほお》を押しつけ、再会を実感したくてきつく抱きすくめる。

瑞月も抱きしめ返してくれた。なじみのある、懐かしいぬくもりに包まれて翠は泣きたくなった。

瑞月もおなじように、再会をよろこんでいる。それは肌でわかった。けれど抱擁《ほうよう》を交わしていたのはつかのまだった。

彼がとつぜん咳《せ》きだしたのだ。

「大丈夫……？」

とっさに抱擁をといた。

瑞月は背を丸め、続けざまに何度も咳きこむ。見ていて不安になるくらいに。獄に勤務なんかしているから、肺に負担がかかっているのではないか。

瑞月はひとしきり咳いて、乱れかけた呼気をととのえると、

「なぜ冥都《めいと》に来たんだ、姉さん」

口元を拭《ぬぐ》いながら問う。声音《こわね》はそうでもないが、責めるような鋭い目をしていた。

「なぜって、あんたに会いに来たんじゃない、瑞月」

てっきり歓迎してくれるのだと思っていたのに。

戸惑いと同時に、疑問が一気に口をついて出てきた。

「訊きたいのはこっちよ。合格証は偽造だった。調べてもらったら、試験さえも受けてないって。いったいどういうことなの？　なぜ角をつけてここで働いてるの。おまけに名前は別人って……」

「ある人が僕のために官籍を用意してくれて、いまはその人の息子に成り代わっている状態なんだ」

瑞月は淡々と答えた。

「ある人とはだれ……？」

他人に成り代わるなど、にわかには信じがたかった。

「尾禅《びぜん》という、兵部の副長官の秘書をしている男だよ」

副長官に仕えているならまずまずの大物である。

「息子本人はどうしてるの？」

「昨年の年明け間もないころに、病で急死したらしい」

「瑞月はその人の身代わりなのね？」

「うん。試験のときからね」

だから漆《うるし》瑞月は受験を欠席した状態だったのか。

だが、恐ろしくなった。

「そんなの身分詐称《さしょう》で、見つかったら打ち首だわ。なぜちゃんと瑞月として受験しなかったの？　そのためにわざわざ村長の養子にまでなったというのに」

翠はめいっぱい非難した。が、

「見ればわかるだろ、姉さん。ここでは天人族以外は角がないと通用しない。結局は出自がものをいうんだ。なんの後ろ盾《だて》もないツノナシが、官吏になんてなれっこないんだよ」

やや声を荒らげられ、翠は口をつぐんだ。

「………」

たしかに翠も、閻魔庁に来てから何度もつけ角をしろと迫られた。まわりはみんな角がある鬼族か、特徴的な容姿や異能を持つ天人族ばかりだ。ツノナシらしきひとはほとんど見かけない。命だってさんざん軽んじられた。

「僕は村のみんなの期待を裏切るわけにはいかなかったから、尾禅の誘いには乗らざるを得なかったんだ」

瑞月は暗い目をして、懺悔《ざんげ》するみたいに言う。

おととしの冬、受験の手続きを終えてしばらくしたある日、村に尾禅がやってきたそうだ。そこで、依然として差別のある閻魔庁の実情を聞かされ、徐々に気持ちが固まっていったのだと。

「なりすましを知るのは尾禅だけなの？」

「ほかには尾禅の妻と側仕《そば》えの数人だけだよ。冥府にはばれようがないと思う」

「そうなんだ」

　安心していいところでもないが。

「それより、なんで廻帰《かいき》の力を使ったんだ、姉さん」

　瑞月のまなざしがいっそう鋭くなった。

「なぜって、あのままじゃ閻魔庁がひどい獄漏《ごくも》れで大変なことになったから……」

「でも姉さんが結《むすび》家の者だとばれてしまったじゃないか。あの力は絶対に人前で使っちゃだめだって、母さんからきつく言われていたのに」

「どうしようもなかったわ。でも、そのおかげでわたしたち会えたじゃない。わかったよ、力を貸してくれたのが瑞月だって。わたし、早くありがとうって言いたくて……」

「あのままじゃ姉さんが死んでしまうと思ったから、仕方なく使っただけだ」

　不本意だったとばかりに言い捨てる。

「あのとき、瑞月はどこにいたの」

「獄府の宿舎にいた。噂《うわさ》で、閻魔王が初江《しょこう》州出身のツノナシの娘を囲ったとは聞いてたんだ。まさかと思っていたけど、廻帰の力の気配がして確信したんだよ。囲われているのは姉さんだって。それでやむなく……」

　瑞月は険しい面持《おもも》ちのまま続けた。

「姉さんは、ここにいちゃだめだ。明日にでも冥都を出てどこかに身を隠して」

「なぜ？」

「廻帰の力を利用されるからだよ。幼いころ、僕らが各地を転々としてたのはそのせいなんだ。僕らは結家という異能持ちの一族で、ずっと逃げて暮らしていたんだよ」

「それは……閻魔王からなんとなく聞いてる」

結家の存在や、彼らに仕えていた鵠《くぐい》の一族について。

閻魔王からと聞いて、瑞月の顔がいっそう険しくなった。

「なら話は早い。いますぐに閻魔庁を出るんだ」

「あんたは結家をどこで知ったの、瑞月？」

「尾禅から出会ったころに聞かされたよ。きみはほんとうなら氏《うじ》持ちだったはずの子だと。廻帰の力についても知っていた。だから尾禅は、いずれ冥府で力を利用するつもりでいるのかもしれないね」

瑞月は苦い表情で言う。

「尾禅はどこから結家の情報を手に入れたの？　わたし、閻魔庁に来た日に牢獄《ろうごく》で会った賊の男が、結家の名を口にするのを聞いたの」

――結家を……。

まるでこっちになにかを託すみたいに、縋《すが》るような目をして言ったのだ。どういう意味だったのかはわからずじまいだが。

するとと瑞月は、なぜか目を逸《そ》らした。

「さあ、わからない。僕たち以外にも、その氏を知る人がいるってことだろう」

どことなく歯切れ悪く答える。

「十姫《とき》については聞いた？　わたしたちの曾《そう》祖母にあたる人よ」

廻帰の力を強く宿していたため、閻魔王のもとで冥府のためによく尽くした。廻帰の力を守るためにだれとも結婚しなかったので、〈冥府の花嫁〉と呼ばれていたという。

「聞いたよ。処刑されてしまった人だろう」

「そう。どうしてだか知ってる？」

「細かい経緯は僕も知らないが、大逆罪だったみたいだ」

「大逆……」

閻魔王に対する謀反《むほん》か。

処刑ともなれば、当然、罪は重かったのだろうと思ってはいたが――。

「当時の冥府は内部が大きく対立していて、醜《みにく》い派閥《はばつ》争いがあったらしい。十姫はきっとその争いに巻き込まれ、逆臣にそそのかされたんだ」

彼女もはじめは高潔な女性だったが、私欲にまみれた高官たちに廻帰の力を利用されるうちに、金と権力に呑《の》まれて閻魔庁を傾ける毒婦になりさがった。そしてついには王に刃《やいば》を向けるはめになってしまったのだろうと。

「毒婦だなんて……」

冥府への貢献を大いに評価された、偉大な人物だったと勝手に思い込んでいた。

「十姫が直接手をくだしたの……?」

「ちがうと思う。僕らの力は他者を直接攻撃する類《たぐい》のものじゃないし、そもそも閻魔王が相手では歯が立たないから」

「それもそうね」

連判状に名のあった奸臣《かんしん》たちは、一族郎党すべてが播種《はしゅ》刑によって粛清《しゅくせい》されたという。

「播種刑……」

亡者にもほどこされている種蒔《ま》きの刑である。

罪人は棒に括《くく》られ、脳天から種を埋め込まれる。種は罪過を糧《かて》として肢体《したい》の隅々《すみずみ》にまで根を張り、肉を割いて芽吹き、血を吸いあげて死の花を咲かす。

罪が深ければ深いほどより美しく、より多くの花を咲かせると言われているが、実際は埋め込まれれば、だれにでも花は咲く。

開花までに要する刻《じかん》はおよそ半日。見せしめの処刑場では正午に一斉に播種が行われ、夕刻には血にまみれた憐《あわ》れな徒花《あだばな》がくるい咲きしていたという。

酷《むご》く、正しく、美しく——閻魔庁の獄訓にのっとった手厳しい処罰である。

ただ、実際には十姫はひそかに生き延びて、どこかで子を産んだはずだが──。

瑞月もその後の経緯は知らないという。

「僕は、十姫のことは尾禅とは別の人物から聞いた。自分の寿命が極端に短いのもね」

翠ははっとした。

「瑞月……」

瑞月も知ってしまったのだ、そのことを。

なんと返せばいいのか、すぐには言葉が見つからなかった。

頭ではわかっていても、本人を前にするとやりきれない思いでいっぱいになって胸が潰れそうになる。

「短命なのだと知ったときは、冥府に来たのを後悔したよ。残された貴重な刻《じかん》は姉さんと一緒に過ごせばよかったって……。もう遅いんだけどね」

瑞月はさみしげな笑みを浮かべる。

「遅くなんてない。いま、こうして会えたじゃない。これから一緒にいればいいでしょ」

遅いなんて言わないでほしかった。

「だめだよ」

瑞月は拒《こば》んだ。

「姉さんは一刻も早く冥都を出るんだ。ここにいたら利用されるだけだよ。すぐにでもだれかと結ばれて子を産まないと。そうすれば長生きできるから」

「知ってる……」

寿命が短いのは翠もおなじだが、女の場合は子を産み、次の代に力を渡してしまえば生き永らえられるのだという。

「でも」

翠はかぶりをふった。

「わたしはもう隠れて暮らすのはいや。偽ものの角をつけて、追手に怯《おび》えて暮らす日々になんて戻りたくない。それくらいなら結家を再興させて、堂々と生きたいわ。瑞月だって、こんな角をつけてるのはいやでしょ？」

翠は瑞月のつけ角にそっとふれる。

幼いころ、つけ角のために頭皮に塗った軟膏《なんこう》の、あのひりつく感覚がよみがえる。爛《ただ》れるのがたまらなく不快だったが、差別が恐くてつけざるをえなかった。

「再興だなんて、本気で言ってるの……？」

瑞月が翠の手をそっと退《しりぞ》けた。ひどく青ざめた顔で。

「だめだよ、姉さん……、結家は、冥府の安寧《あんねい》のために滅んだ一族だ。再興なんて願っちゃいけないいんだよ」

「瑞月……」

結家を呪うかのごとき険しい目をしている。思えば母も鵠も必死で自分たちを隠し、守ろうとしていた。結家についてはいっさい秘匿《ひとく》して。

この身に流れる血は、それほどに禍々《まがまが》しいものなのか？

だが、翠もまけじと瑞月を見据えた。

「あんたこそ、他人になりすまして出仕するなんてまちがってる。ほんとうはそんな角なんかつけたくないでしょ？　ちゃんと官吏の試験に合格する実力があったんだから、漆瑞月として堂々と試験にのぞむべきだったのよ。それでだめだったとしても、村のみんなはきっと納得してくれたわ」

精一杯やったのであれば、だれも責めない。身分詐称なんて言語道断だ。

しかし瑞月は顔をそむけた。

「なにを言ってももう遅い。結家の存在はみなに知られてしまったんだ」

拳《こぶし》を固く握る手が、引き返せない焦りと苛立《いらだ》ちをあらわしている。

しかし、知られてなにがいけないのか、翠にはわからない。結家の末裔《まつえい》として堂々と生きていけばいいではないか。

「瑞月はこの先、どうするの。このまま透千として生きるの？」

素性がばれたら当然、処罰を受けるだろう。ばれるのが先か、寿命が尽きるのが先か。

いずれにせよ翠にとってよろこばしい流れにはならない。

瑞月は目を伏せて頷《うなず》いた。

「僕の心配はしなくていい。僕は、僕なりの生き方をここで見つけた。官吏として、下層民のためにできることをやっていくつもりだよ」

（瑞月……）

なにか違和感をおぼえる。昔から道理に背くようなまねはいっさいしない子だった。嘘《うそ》や隠し事も苦手で、考えだって手に取るようにわかったのに。

いまは本心がぼやけて見えづらく、心が遠くにある感じがする。

（せっかく会えたのに……）

嫌な胸騒ぎを抑えたくて唇を嚙みしめていると、ふと瑞月の視線が翠の髪にうつった。

「姉さん、きれいな簪《かんざし》をつけてるね」

「あ、これ……」

庇《かば》うように、手でふれる。

「そんな高そうな簪、どこで買ったの？」

男から贈られたものだと見抜いている目だった。

「もらったの。天鳶様《てんよう》に……」

この上なく答えづらかった。

「姉さんは、閻魔王に惹《ひ》かれてるの？」

「え？」

どきりと鼓動がはねた。

「結家の再興を願うのもそのためでは？　氏を持てば王家に嫁ぐことができるもんね」

瑞月はきわめて冷静に問いつめてくる。

「そんなんじゃない」

翠はうつむいた。

けれど否定したとたん、急に自信が持てなくなった。かつて鵠に抱いていたような親しみを、たしかに天鷲にもおぼえているからだ。

「……好きか嫌いかを問われれば好きだと思う。鵠に似てるの。ときどき意地悪を言って困らせたりもしてくるけど、強くて優しくて……」

瑞月の顔つきが渋くなった。

「似てなんかない。閻魔王なんだから、強いのはあたりまえだよ。王宮にいるから視野が狭くなってるんだろう。女官はみんな閻魔王で頭がいっぱいだ。……姉さんは、いったいどこで目をつけられたの？」

「天ケ瀬《あまがせ》の村よ。鬼に折檻《せっかん》されてたところを偶然に助けてくれたの。そのほかにも、いろいろ助けてもらってて」

「でもあのひとは、血を分けた兄弟を殺すような残忍な男だからね」

翠はどきりとした。瑞月もどこかで噂を耳に入れたようだ。

「知ってる。……でも実際どうだったかなんてわからないじゃない」

少なくとも自分は信じていない。

「僕は彼をよく知る人物からそう聞いたんだ。だから間違いはないんだよ。姉さんは騙《だま》されてるんだ」

「よく知る人物とはだれ？」

「………」

瑞月ははじめためらっていたが、ここで隠したところで説得力を欠くだけだと考えたようで、はっきりと名を告げた。

「五道転輪王《ごどうてんりんおう》だ」

「え……」

翠はぎくりとした。五道転輪王・聚楽《じゅらく》。そのひとならたしかに天鶩をよく知っているはずだ。

「転輪王に会ったの？」

「うん、たまたまね」

頷くものの、経緯までは語ろうとしない。

「やめてよ……」

翠は両の耳を覆《おお》う。

希子が言っていた。須弥山《しゅみせん》での出来事の真相を知るのは、共に修行に入った自分と天鵞と聚楽の三人しかいないのだと。そのうちのひとりが証言するなら、噂は事実になってしまうではないか――。

「わたしは信じない。事実だとしても、きっとどうにもならない事情があったのよ。だって、あんたを捜すのにずっと協力してくれてるのよ。こうして居場所まで提供してくれて……。それは天鵞様が兄弟の大切さを知っているからでしょ？」

「姉さんは遊ばれているだけだ。女あしらいのうまい人というのは、駆け引きもご機嫌取りもお手のものだから。姉さんみたいに初心《うぶ》で世間知らずの女はいいカモなんだよ」

「遊びだなんて、そんな不誠実な人ではないと思う。瑞月はどうして否定ばかりするの？」

この気持ちが間違いだなんて思いたくないのに。

「目を覚ましてほしいからだ。あのひとは、姉さんではなく廻帰の力を自分のものにしたいだけなんだよ」

瑞月ははなから天鵞を敵視しているふうだ。

「それで結構。その力も含めてわたしなんだから」

翠も堂々と突っぱねた。

「利用されてもいいというの？」

「いいわ。役に立てるならよろこんで尽くす」

　こっちもそれだけのことをしてもらっているからだ。

「あんたを捜すために、どれだけ協力してもらってると思うの」

　閻魔庁に入るための許しも、王宮に滞在する手配も、仕事までも与えてくれた。それに情報屋に大金も払ってくれて──。

「それほどに廻帰の力が欲しいんだろう。姉さんを手懐けるためなら安いものだよ」

「瑞月っ」

　憤《いきどお》りをおぼえて反駁《はんばく》しかけるが、瑞月も譲らなかった。

「姉さんはどうするんだ。このまま冥府に仕えて死ぬのを待つの？　それともあの男の子でも産むの？　力がなくなったあとはどうするの。姉さんはきっとここにはいられなくなるよ。役に立たなくなればツノナシの女なんてお払い箱だ。それとも一生、寵《ちょう》を受けてそばにいられるとでも思ってるの？　相手は王宮に山のように女を抱える冥界の王なんだよ？　姉さんの代わりなんていくらでもいるんだ」

「ここにいるのは弟が見つかるまでという約束なの。だからもう出ていかなくちゃならないわ」

　たったいま、瑞月は見つかったからだ。すると、

「へえ、姉さんは僕を閻魔王に売るつもりなんだね」

瑞月はせせら笑った。

「…………」

透千との会話については報告しろと命じられている。翠が天鵞に嘘をつかない限りは、そういう流れになってしまう。

翠は少し考えてから、

「寛恕《かんじょ》を請うという手もあるわ。透千の正体を知るのが尾禅だけなら考えてくださるかもそうなったら自分も王宮にとどまれるかもしれない。

しかし、瑞月はますます荒《すさ》んだ笑みを見せた。

「あの人はきっと、廻帰の力を引き換えの条件にするよ」

だからやめろと言いたいのだろう。

「かまわない。むしろ、よろこんで応じるわ」

翠は一歩つめよって、強気で畳みかけた。

「母さんは幸せだった？　明るくふるまっていたけど、内心は来る日も来る日も追手に怯えて、心から笑えるのなんて鵠と会えたほんのつかの間。わたしたちのために苦労ばかりして、その挙句、肺を患《わずら》って、村の端っこの暗くて狭い畳の間で死んでしまったわ」

子供のころはわからなかったが、母はいつもなにかに追われ、怯えて暮らしていた。

ずっとツノナシのせいだと思っていたが、それだけではないのが鵠と母のひそかな会話からわかるようになった。棲《す》み処《か》を転々と変えたのも、結家の末裔《まつえい》だとばれないようにするためだったのだと。

「わたしは母さんみたいになりたくない。お金を貯《た》めて、結家の氏を取り戻して堂々と生きるわ。それで、救っていくの。わたしたちみたいな下層民を。そうすれば、わたしたちを苦しめたひとたちを見返して、悔しい思いをさせてやれるでしょ?」

　不純な動機かもしれないが、そんな汚い感情や意地みたいなものも実はある。それだけ痛めつけられてきたからだ。

「いまは無理でも、天鶩様が言ってたみたいに、少しずつだれかの心を変えていけば、いつかは大きな変化に繫《つな》がると思う」

　翠は瑞月のなかに、幼少期のやさしげな面影を見つけながら続ける。

「あんたは心配してくれてるのよね、瑞月。わたしが閻魔王にいいように使われて、用が済んだら捨てられてしまうんじゃないかって」

　一番はそこなのだろう。

「大丈夫。捨てられたってなんとかなるわ。ここを出て、またどこかあたらしい土地で適当に生きればいい。わたしたちは、ずっとそうやってきたんだもの。だからそれまでは、廻帰の力を大いに利用して図太く生きるわ。いけるところまでいってみる。これに関してはもう後悔しないって決めたの」

あのとき、十王会議の夜に廻帰の力を使うとき天鶩にそう宣言したのだ。後悔はないと。だからどんな結末を迎えようとも、それが自分の選んだ道なのだと受け止め、背負っていくつもりだ。

「………」

翠が引きさがらないのを見て、瑞月はあきらめて嘆息した。

「姉さんの気持ちはわかったよ。閻魔王にかけあってみて」

いくらか憔悴《しょうすい》したようすで言い、軽く咳きこむ。

たとえ理解はできても受け入れには至っていないのだろう。母たちがそうだったように、瑞月は結家の再興などつゆほども望んでいないのだ。

「瑞月……、せっかく会えたのに、つらい思いをさせてごめんね……」

翠もうつむいて、瑞月の背中をさすりながら詫《わ》びる。

夢にまで見た再会が、こんなふうになるとは思わなかった。自分たちは、いつのまに道を分かたれてしまったのだろう。

(尾禅という高官があやしいわ)

瑞月が結家の末裔だと知っていたのだから、利用するつもりでそそのかしたとしか思えない。

「姉さん」

ふと瑞月が、袂《たもと》からなにかめずらしい布地の衣《きぬ》を取り出して、翠にさしだしてきた。

蝉《せみ》の羽を紡《つむ》いだような、透けて軽やかで、それでいて柔らかにたわむ不思議な感触の半臂《はんぴ》だった。光を受けて淡く七色に輝く。

「これは……？」

「〈盾《たて》の羽衣〉というんだ。孟婆《もうば》のもとで作られている護身用の衣だよ」

「孟婆……、〈迷魂湯《めいこんとう》〉を飲ませる鬼ね？」

〈迷魂湯〉とは、審判を終えた亡者が転生するとき、前世の記憶を消すために飲む薬湯だ。

「うん。姉さんのために仕立ててもらったんだ。この先、なにが起きるかわからないから、いつも身に着けていて。もちろん、僕が生きていられるうちは、僕が姉さんを守るよ」

「瑞月……」

きっと自分が死んだあとを考えて用意したのだ。死を妙に意識して動いている。その日までにできることを数えて生きているみたいな。

やめてよ、そんなの。

翠はかなしくなって、咎《とが》めようと口をひらきかけるが、

「もうひとつ、姉さんにお願いがあるんだ」

瑞月が、それまでの深刻な会話など忘れたかのような、自分のよく知っている凪《な》いだ表情できりだした。

「なに？」

「僕が死んだら、骸《むくろ》は焼かないで水で弔《とむら》ってほしいんだ。三途《さんず》の川の川守に頼んであるから」

「水葬にしてほしいの？」

「うん」

「なぜ？」

今も地方の一部に水葬は残るが、州都や人口の多い地域は平民なら火葬がふつうである。

「獄の炎に焼かれて消えたくないから」

瑞月はさびしさの滲《にじ》んだ笑みを浮かべる。たしかに、業火《ごうか》に消えるのは一瞬だが。

それが、もっと生きたいという気持ちのあらわれのようで翠は息苦しくなった。

「わかった。絶対に燃やさない。約束するね」

かたちあるまま別れる水葬のほうが、自分にとってもいい気がした。

それから、また瑞月が咳きこむので翠は不安になった。

「瑞月、さっきから咳いてばかりで、ずいぶん具合が悪いみたい」

「僕なら大丈夫だよ。まだまだ生きられる。いまは、ちょっと風邪をひいてるだけだよ」

「力を使って治せばいいじゃない」

「慢性的なものだから気にしてないよ」

「獄になんて勤めてるから、肺が弱ってしまったのよ。どうして本庁に異動の希望を出さなかったの」

肺の弱いツノナシが、一年以上も業風《ごうふう》にあたり続けたことになる。

「衆合地獄は三層目だから、ここそんなに空気は変わらないよ」

瑞月がなだめたところで、戸が叩かれた。

「おい、透千、いつまで話してんだ」

別の冥官が顔をのぞかせて告げた。

「今、いきます。……ごめん、そろそろ戻るね」

たしかに、ずいぶん長く話し込んでしまった。

「瑞月、無理をしてはだめよ」

翠は瑞月の肩にふれてひきとめる。沙汰《さた》だってどう下されるかわからない。

「わかった。僕は大丈夫だよ。姉さんこそ無理しないで」

瑞月が肩の手をとって、〈盾の羽衣〉にかさねさせた。

「……うん」

瑞月の手はあたたかかった。昔、仲良く繋いで野山を駆けていたときのように。

なのに、どうしてこんな気持ちになるのだろう。無事に会えたというのに。

身分詐称の罪が横たわっているせいもある。でもそれだけではない。なぜか瑞月が遠い。

そしてこれからさらに遠くに行ってしまう。心までもが遠くはなれて、もう二度と手の届かない場所に消えてしまいそうな気までしてきてせつなくなる。

瑞月は部屋を出ていった。

（きっと、わたしのために折れてくれただけ……）

ほんとうはいますぐにでもここを出て、一日も早くだれかと結ばれて力を捨ててほしいと望んでいるのに違いない。

彼の言うとおり、結家の存在など忘れるべきなのだろうか。

自分のわがままであの子を苦しめているのかもしれないと思うと、胸がひりひりと痛んだ。

「ごめんね、瑞月……」

蟬の羽みたいにはかない衣を抱きしめて、もういちど小さな声で詫びた。

2.

翌日の昼下がり。

翠は天鴦に会いに外廷に向かった。瑞月が見つかって、獄吏・透千になりすましているのを報告しに行くためだ。

瑞月の身は、当然危うくなるだろう。投獄は免《まぬが》れない。打ち首になるかもしれない。だから黙っていようか、一晩悩んだ。

けれど天鴦から結果を伝えるよう言われているし、このまま彼や閻魔庁を欺《あざむ》き続けるわけにもいかない。

それに瑞月の背後では、確実になにかが起きている。天鴦がどう処罰を下すかはわからないが、それをつきとめるためにも正直に告げるつもりだ。

那霧《なきり》によると天鴦は、本日の審判は午前で終えて、午後からは本庁で執務にあたるという。

翠は渡り廊下で待ち伏せた。

しばらく待つと、審判を終えたらしい天鴦が獄司《ごくし》たちと話しながらこちらにやってくるのが見えた。

天鴦はすぐに翠に気づいて足を止めた。右獄司《うごくし》と樒《しきみ》、それに数名の補佐官らもいっせいに翠の前で足を止めた。

「どうした？」

「お忙しいところ、すみません。お話ししたいことが」

翠は、緊張にはやる胸を軽く押さえた。内側には瑞月の言いつけどおり〈盾の羽衣〉を着込んでいる。いつでも彼を感じられるお守りみたいなものだ。

「いいよ。ちょうど休憩しようと思っていたところだ」

天鶱は右獄司に合図して彼らを先に行かせた。

それから少し歩いて、長廊の曲がり角にある亭《ちん》まで翠を導いた。

「きのう、瑞月に会いました」

不安だけが胸にうずたかく積もっている状態のまま、翠は告げた。

「見つかったのか？」

「透千が瑞月だったんです」

「透千が……？」

意外そうに目をみはる。

「試験のときから彼になりすましていたみたい」

翠は瑞月がどういう経緯で獄吏になったかを話した。

「つまり、尾禅に利用されている状態なのか？」

「わかりません。でも、瑞月も望んで従っているみたいだった。わたしは、すぐに冥都から出て行くよう言われました。廻帰の力を利用されるから、とにかくここを出ろって」

天鶱にもそんな腹積もりがあるのかもしれないが、もちろん顔色ひとつ変えない。

「瑞月は元気だったか？」

そうだ、まずはそこから話すべきだった。

「はい。でもときどき咳《せき》をして……、それ以外にもなにか、うまく言葉にできないけど、とても遠い感じがしました」

翠ももどかしく思いながら返す。

「遠い？」

「うん」

以前なら瑞月の考えていることは手に取るようにわかったのに、昨日はわかりづらかった。

「五道転輪王に会ったとも言っていました」

「聚楽に？」

「はい」

「なぜだ？」

「わかりません、詳しくは教えてくれなくて」

天鴦の過去についてはふれなかった。真実を知るのが恐い。

「ほかにも、なにか隠しているみたいな感じがあって……」

一夜明けて、希子がほのめかした疑惑だけが膨張している状態だ。

「………」

天鴦はしばらく黙り込んだ。瑞月の処遇について考えているのか、あるいは、聚楽との接触が気になるのか──。

数人の冥官が頭を下げて通りすぎていった。

「……瑞月の処遇はどうなりますか」

翠は待ちきれず、潔《いさぎよ》く問う。なりすましなら当然、透千は官籍剝奪で冥都追放である。

閻魔王を欺いた罪にも問われよう。

ところが天奮は、すぐさま投獄とは言わなかった。

「まずは瑞月をそそのかした尾禅という冥官について調べさせてみよう。その目的が、ほんとうに息子の身代わり欲しさだけだったのかどうか」

結家と知ってなら、たしかにほかに理由が潜んでいそうだ。

「いいのですか？」

こちらから頼むまでもなく、猶予《ゆうよ》が与えられた。

閻魔王たる者、常に公明正大であるべきなのに。あきらかに特別な配慮である。

「まだ、瑞月については身分を偽《いつわ》っていることしかわかっていない。当面は目をつむってやるから、もうしばらく黙ってようすを見てみたらどうだ？」

天奮の面持ちも慎重ではある。

「…………」

たしかに、瑞月にはなにか従わざるをえない事情でもあるのかもしれない。

「わかりました。ありがとうございます」

翠は手を合わせて頭を下げた。あいかわらず情け深いひとだ。

「よく正直に話してくれたな」

顔をあげると、天鶩の表情はいくらかやわらいでいた。

「あれだけ協力してもらっておいて、隠し通すわけにはいかないので……」

瑞月のためにも、黙っていてはいけない気がした。

「俺が個人的な興味でつきあっているだけなんだから、おまえが気負う必要はないんだよ。弟が無事に見つかればいいとずっと思っていた」

「………………」

出会ったときから、弟探しに関しては一貫してこの調子だ。そもそも入庁許可証をくれたのも瑞月の話をしてからだった。

（やっぱり自分も兄弟を大切に思っているから……）

翠はそう考えている。だから、とても兄をふたりも殺《あや》めた人だなんて思えない。

「天鶩様は、なぜわたしたち姉弟《きょうだい》に味方してくれるのですか？」

この際だから、思いきってたずねてみた。ずっと気になっていたのだ。

「廻帰の力を利用したいから……？」

この答えを聞くには勇気がいる。瑞月にあれだけ啖呵《たんか》をきっておきながら、そうだと頷かれれば気持ちが揺らぎそうな気がした。

不安を悟ったらしく、天鳶がかすかに笑った。

「力は欲しいよ。利用できるものならしたいと思う。結家についての興味も尽きない。だからいまは、逃げられないよう必死に恩を売っているところさ」

「……………」

堂々と認めているわりに口ほどでもないような気がして、翠は戸惑った。

(わざと……?)

こういう天鳶には既視感がある。結家について探られたときもそうだった。

利用すると言われればどう出るか、試しているのだろうか。

あるいは、おのれの本心を読ませないために攪乱《かくらん》しているのか——。

「わかりました」

案外、瑞月の言ったとおり、遊ばれているだけなのかもしれない。実際、力を使えと強要されたことはまだ一度もない。

(もう行かなきゃ……)

今日は、この手の駆け引きじみた言葉遊びにつきあえる余裕はなかった。いらぬ感情までをずるずると暴かれてしまいそうだ。

「そろそろ戻りますね。お引き留めして申し訳ありませんでした」

王宮に戻ろうと一礼したところで、

「あ」

渡すものがあったのを思い出した。

「これをどうぞ」

翠は手にしていた竹皮の包みを天鶩に渡した。

「これは？」

「おにぎりです。また食べそびれてるといけないから作ってきたの。よかったら、お腹《なか》すいたときに食べてください」

握っているときを思い出して、笑みがこぼれた。

「嫌がらせの？」

お仕置き用の、辛みの強いおにぎりを食べさせてあげる約束があった。

「いいえ。辛いものは一切入ってません。今日の具は桜えびと天かす。これ、よく瑞月にも作ってあげたの。男衆の作業はわたしたちよりもずっときつかったから、せめてご飯くらいはお腹いっぱい食べてもらいたくて……」

つい最近のことなのに、遠い昔みたいに思えて懐かしくなった。王宮で炊《た》く米は真っ白でつやつやしているけれど、天ヶ瀬で炊いていたのはくず米で、ひえやあわや玄米の割合も多かった。ゆえに色もくすんで見えたけれど、香ばしくて栄養も豊富だった。今回は白米に雑穀をまぜてそこも再現してみた。

「ありがとう。いただくよ」

天鳶は大切そうに受け取ってくれた。

険しいばかりだった空気がずいぶんなごんだ。

「天鳶様も働きすぎないで、ごはんはちゃんと食べてくださいね」

ただでさえ閻魔の苦果《くか》を背負って疲れる身なのだ。

「俺は大丈夫だよ。それよりおまえのほうが心配だな。この先も、瑞月にふりまわされそうだ」

軽く目をのぞかれ、どきんとした。

「………」

瑞月にはなにかあると、天鳶も勘づいているのだろう。

「心配はご無用です」

前向きに返したが、たぶん脆《もろ》い笑みになった。不安の種は大きくなるばかりだ。

翠は目を伏せて続けた。

「でも、もしも瑞月が裏で悪事をはたらいているのだとしたら……、そのときはちゃんと罰してやってください」

なぜか、十姫の播種刑が脳裡《のうり》にまたたいていた。並んだ遺骸《いがい》に咲いたおびただしい血の色の花。目にしたわけでもないのに、鮮烈に。

正義の置きどころによって、進む道も変わってしまう。

瑞月が、十姫とおなじように愚《おろ》かな声に絆《ほだ》されて悪に手を染めているのだとしたら、情けはかけられない。

「ああ、もちろんそのつもりだ」

頷く天鶱の声に、これまでの心やすさはなかった。

だから翠は、彼の顔を見ることはできなかった。

3.

天鶱のもとに尾禅に関する情報が届いたのは、それから数日後の昼下がりだった。

「尾禅という冥官についての調べがつきました」

閻魔帳に目を通していると、榕が報告書を持って執務室にやってきた。

「どうだった？」

山のようにある帳面を横に退け、受け取った報告書に目を通す。

「事件の匂いがしますね。実の息子の透千は、昨年の暮れまでは地方で養生していたようですが、官吏登用試験の直前に急死してます。肺が炎症を起こしたとか。侍医《じい》を脅して吐かせました」

「試験の直前に？　で、あわてて死んだ息子の代わりを瑞月に務めさせたわけか」

「ええ、おそらく」

「瑞月を選んだのは、ツノナシだからかな？」

万が一の場合は簡単に切り捨てられる。

「ええ。もしくは、瑞月を確実に入庁させたい理由があったか……。だとすれば、そのために息子を始末した可能性も出てきます」

「大事な倅《せがれ》を犠牲に？」

「透千は病弱で学業の成績はふるわず、出世はおろか、登用試験合格の見込みもないうらなりだったそうで。尾禅が反体制派と共謀したのだとすれば、ありえない話ではないかと」

報告書には、ご丁寧に透千本人の幼少期からの素行や修めた成績などが書き連ねられている。病欠が多く、成績はたしかに中の上どまりといったところだ。替え玉でもしない限り、登用試験は受からない。

「あるいは、尾禅が何者かに脅され、泣く泣く仕組んだのかもしれませんが……」

「それもありうるな」

いずれにしてもなにかあると見ていい。

「尾禅本人を呼びだして尋問しますか？」

榴がすでにその気でうかがいをたててくるが、少し考えてから天鶩は答えた。

「いや、しばらく泳がせておこう。近くに内偵をひとり置いて、そいつに逐一、行動を報告させてくれ」

翠が真相を知ってまだ日が浅いのであまり刺激したくない。それにここで面と向かって対峙《たいじ》するよりも、徐々に外堀を埋めていったほうが核心に迫れそうだ。いざというときに利用もできる。

「それより、今夜、暇か？　少しつきあってもらいたい場所があるんだ」

天鶩は座ったまま、榴を仰ぐ。

「かまいませんが。どちらに？」

「刑部《けいぶ》の連中が転輪州のとある酒場にガサ入れをするので、それに同行したい。おまえも来てくれよ」

転輪州と聞いて、意外そうに眉をあげた。

「なんでまた……？」

「希子から情報を貰《もら》った。その店を拠点に活動する賊の中に、廻帰の力らしき異能を持つ者がいるようだと」

「例の、元に戻す力ですか？」

「ああ。五指《ごし》を斬り落とされてもすぐに生えそろったとか、矛《ほこ》で刺殺されても、すぐに蘇《そ》生《せい》したとか。尾ひれがついている感はあるが、何人かが目撃しているらしい」

櫁が警戒を深めたのがわかった。

「ひょっとして、それこそが翠殿の捜している弟君では……。獄賊とつるんでいるのでしょうか？」

どうにも身辺がきな臭いので疑いたくもなる。

「そうではないと思いたいが。……万が一、翠に似た顔立ちの男性客を見かけたら教えてほしいんだ」

その者が瑞月でないことをたしかめておきたい。

「承知しました」

櫁は神妙に頷いた。


五道転輪州は、冥途《めいど》十州の北西部に広がる山岳地帯である。

植物の一本も生えていない岩山が多く、昼夜の温度差も激しいので荒廃した土地が多い。

加えて常に業風が吹きすさび、獄漏れもしょっちゅう起きて大気が汚れている。住民も下層民や与太者《よたもの》が多いため、獄もどきの掃きだめなどと言われている。

ただ、金鉱脈に恵まれているおかげで金回りはよく、王庁もまともに機能しているので最低限の風紀は保たれている。

この日は刑部の治安維持に携《たずさ》わる冥官が、よりぬきの捕吏を数名従えて出向いた。

天薈と榕はあくまで端役で、刑部の官服に帯剣した捕吏のいでたちである。

件《くだん》の店は、官庁街からはなれたうらぶれた通りの一角にあった。

古びた木造の二階建てで、欄干《らんかん》はもたれたら壊れそうだ。軒《のき》には色の禿《は》げた赤提灯《ちょうちん》がぶらさがっている。

「〈馬耳東風《ばじとうふう》〉とは、またふざけた屋号ですね」

太字で筆書きされた袖《そで》看板を見上げて榕がつぶやく。

「売春や脱税をくりかえし、文字どおり冥府からの勧告にもいっさい耳を貸さない不良店舗だそうだ。転輪王庁も手を焼いているらしい」

「聚楽様はご存じないので？」

ふつうは王が直々に改善命令を下せば大人しくなるものであるが。

「よくご承知の上らしいが放置だそうだ。治安維持のための必要悪だと」

天薈は肩をすくめる。

「転輪州全体の治安が悪すぎて、もはや感覚が麻痺《まひ》しておられるのでは？」

「いや、それはない。聚楽の考えもまちがってはいない。十州も膿《うみ》は出す。どこかが掃きだめになって汚れ役を引き受けなければ成り立たないから。……こう見えて、ハメを外しすぎれば問答無用で打ち首という聚楽の威令は行き届いているんだよ」

　おのれを含め、事態を黙認しているほかの十王は同罪である。

「閻魔庁だ。全員、手をあげろ」

　捕吏の頭領が札を掲げて命じると、店内に一気に緊張が走った。

　ふだんのぬるい州のお巡りとは違う。クロとわかれば即刻、御用である。

　客のほとんどが警戒して、ひとまず命令に従って手をあげた。

「よし、そのまま全員、頭の後ろで手を組んで壁際に立て」

　頭領が命じると、ひとり、またひとりと席を立って壁に移動していく。

「おとなしくしてろよ。おっとそこ、武器は一切手にするな。霊力の使用も厳禁だ。手はおつむの後ろだぜ」

　捕吏のひとりが、懐《ふところ》に手をさし入れた客を目ざとく見つけて制する。

　捕り方は鍛え抜かれた精鋭ぞろいで、鬼族ごときの霊力には容易に対抗できるが、異能持ちが相手だと手こずる場合もある。

　捕吏たちが客の所持品を調べだすと、頭領がカウンター越しに店主に声をかけた。元締めとおぼしきこの店主は大柄な一本角の鬼だ。

「最近、羽振りいいようだな、おやっさん。そのぴかぴかの一本角は流行《はや》りのダイヤ製砥《と》石《いし》で研磨済みか？」

「へえ、とんでもねえです、使い古しの鋸鑢《のこやすり》でやってますわ。今晩はまた大勢でのご来店で、どこぞで祭りでもあったので？」

「おたくの店で墨煙草《すみたばこ》の取引がなされてるってタレコミが数件あったもんだから、御用改めの運びとなったのよ。悪いが帳簿を見せてくれないか？」

「いやだなァ、お頭《かしら》。事前にひとこと連絡くだせえよ」

「それじゃガサ入れにならんだろうが。あと、机の下でいろいろとやべェもん取り扱ってるだろ。製品の仕様書やら金の取引記録も出してもらおうか。ここ半年のやつな」

「へえ、少々お待ちくだせえ」

　店主はすんなり頷いた。が、おだやかなやり取りはここまでだった。ヤキがまわった店主が、帳簿を取り出すふりをして、熱湯の入った鉄の大鍋を怪力で持ちあげた。

「てめえら、とっとと失せろや、酒がまずくなるわァ」

　怒号を浴びせながら、捕吏たちに向けて派手にぶちまけた。

　それを機に、壁際に集められていた客が蜘蛛《くも》の子を散らしたようになり、我先にと出入り口に駆けだす。

　捕り方がこれを逃すわけもなく、追いつめられた客たちが捕吏に殴りかかって一気に乱闘騒ぎとなった。

「お約束の流れですね」

榕が呆《あき》れぎみにつぶやきながら腰にはいた刀の柄《つか》に手を伸ばす。一応、頭数に入っているので加勢せぬわけにはいかない。

「久々の立ち回りで腕が鳴るだろ」

榕は剣術に長《た》けていて、手合わせの際、気を抜くとしばしば負かされる。

「いえ、このところ稽古《けいこ》不足でなまってますね」

苦笑いしつつ、すらりと剣を抜いた。

獄とは違って十州では基本、霊力の使用は禁止である。捕吏はぎりぎりまで行儀よく武器で始末に臨まねばならない。

「あいつが気になる」

天鵞が目をつけたのは端の席にいた隻眼《せきがん》の若者だった。

動きが軽やかで、捕吏の猛攻を蝶のごとくひらひらとかわす。

おそらく武術の心得がある。しかもおなじ流儀の。

厠《かわや》に伸びる通路を見張っていた捕吏がひとり、この若者に短剣で首を搔《か》っ切られてこと切れた。

すぐさま直槍《じきそう》の捕吏が迫るが、こちらもひらりとかわし、相手の刀を引きずり出して返り討ちにする。無駄な動きを極限まで抑えた、素人《しろうと》ばなれした身のこなし。始末の手口も鮮やかだ。

この手の輩《やから》は十中八九、堅気《かたぎ》ではない。

（裏窓から逃げるつもりか）

どうやらそっちに向かっているようすだ。しかし事前の情報では、裏窓の向こうは三面を隣家に囲まれた庭で袋小路の状態である。

「貴様、何者だ」

先回りした天鶩は、若者の行く手を阻《はば》んだ。

若者は舌打ちをひとつして斬りかかってきた。

先んじて腹部を斬りつけ、首根をつかんで壁に押しつけた。ところが、

「む」

天鶩は思わぬ事象に目をみはった。血飛沫《しぶき》をあげたはずの裂傷が、どういうわけか次の瞬間にはきれいに塞がった。

血の一滴も流れない。生身の傷のみならず、裂けたはずの衣《きぬ》までが元に戻ったのだ。

（傷が消えた――？）

意表をつかれた隙《すき》にみぞおちを蹴《け》られ、さらに刃先が一閃《いっせん》。

「……………っ」

前腕を斬りつけられ、持ち手から刀がはなれた。

「ご無事ですかっ」

榕が脇からひと太刀《たち》浴びせた。

が、若者は身を旋回させながら、太刀傷を押さえてふたたび修復。

たちまち血痕《けっこん》が失せる。ほとんど不死身である。

「こやつ、異能持ちですっ」

朱《あけ》に染まった刃先をふり払って榕が叫ぶ。たしかに鮮血はあふれたのに。

若者は廊下のどんつきまで行くと、裏窓に乗りあげ、軽く飛び越えて外に逃れた。

すでに捕吏をふたりも斬っているのでお目こぼしはできない。絶命した捕吏の手から直槍を拾うと、あとを追って裏庭に出た。

「待て」

結界を張って行く手を阻んでやると、若者は弾かれて反射的に踵《きびす》を返した。

その間合いに踏み込み、直槍で袈裟《けさ》斬りに振り抜いた。

(こいつは――)

確信があったから、あえて致命的な斬撃を与えてやった。

わずかに手心を加えたのは、万が一、そうでなかった場合に備えてだ。

「うっ」

若者は呻《うめ》いてよろめき、倒れかけた。だが、裂傷を押さえ込みながら体勢を立てなおす。

霊力の気配とともに、またしても再生。

しかし、さすがに今度は生傷のみしか戻らなかった。戻せなかった、のだろう。

（間違いないな……）

これは廻帰の力だ。

なるほど、これが真の威力なのだとしたら、翠はまだまだひよっこである。

男女の差だろうか。結家の男子は短命——寿命をすり減らしているだけあって、力は格段に強いようだ。翠に同調して大規模な獄漏れを鎮められたのにも納得がいく。

「おとなしくしろ」

天鴦は回復した若者の腹部を容赦《ようしゃ》なく蹴りつけた。

若者はもんどりをうって倒れた。その体に馬乗りになり、直槍の柄を横一文字にして肩を押さえつける。

「鵠に教わらなかったか、不殺生《ふせつしょう》を貫《つらぬ》けと」

「——」

ゆさぶりをかけてやると、右の瞳が大きくみひらかれた。

翠とおなじ色の瞳。

「おまえは、瑞月だな？」

わかりやすく、若者が怯《ひる》んだ。肯定はない。だが否定もない。名指しにまでされて、言葉が出ないといった態《てい》。

（やはり、獄賊の一味なのか……）

軽い失望が生じる。そうではないことをたしかめるためにここに来たというのに。

隻眼なのも気になった。そうではないか。翠からそんな話は聞いていない。ここ数日のうちに失くしたか。

勝ち目がないと悟ったのか、攻めに転じる気配はなかった。ただ息をつめ、じっとこちらを睨《にら》み据えてくる。

（俺が閻魔だと気づいている目だな）

獄吏として閻魔庁に出入りしていれば一度くらいは面《つら》も拝んでいよう。

まなざしがまっすぐなところは翠に似ている。だが、翳《かげ》がある。もっと切羽つまって、明日の命さえも削って生きているような哀切さがそこはかとなく漂う。

なにがあった。大事な姉を捨ておいて、なにをしているのだおまえは。

問いただしたいが、いまここではなにひとつ吐かないだろう。

そのとき、店内で轟音《ごうおん》が響いた。

爆風に弾かれて格子《こうし》窓がすべて吹き飛んだ。火属性の鬼がいたようだ。

（霊力の濫用《らんよう》は罪過が増すだけで不利なのにな……）

力技で逃げおおせるつもりか。

案の定、捕吏の手から逃れた三人の客が桟《さん》を越えて飛び出してきた。

続けざまに捕吏が出てきて客を追う。霊力も解禁となって捕り物も大詰めである。

ひとりは隣家の屋根に飛びうつって検挙を逃れた。しかし残りのふたりは追手の矢で下肢《かし》を射抜かれた。

捕吏らが当然こちらに気づく。加勢しに来そうだ。

天奮は瑞月を押さえ込んだまま告げた。

「翠のために、今回は生かしてやろう。だが次はない。おまえは今夜だけでもふたりの官吏を殺した。冥府に背いた罪は重いぞ」

直槍の柄を退け解放してやると、瑞月はすばやく身を起こし、脱兎《だっと》のごとく逃げだした。

あいかわらず身軽だ。

そのままひらりと隣家の屋根に飛びうつり、ふり返りもせずに夜の闇《やみ》に姿を消した。

「ご無事ですか、主上？」

捕吏たちが集まってきた。

「ああ、問題ない。すまない、取り逃がした」

用済みになった直槍を捕吏に手渡しながら答える。

「いえ、店主は確保できたので、雑魚《ざこ》どもはまたの機会に」

屋根の向こうに目を凝らしていた榕がこちらに向き直った。

「傷の手当てを」

榕も苦い表情で懐から清い巾を取り出す。

「頼む」

裂けた衣のまわりには鮮血が滲《にじ》んでいた。斜めに三寸ほど斬られた。深さはないが痛みはそれなりにあるし、利き腕なのが煩《わずら》わしい。

中の残党を始末してきますと言って捕吏たちが店内に戻ってしまうと、

「なぜ逃したんです？」

榕が巾を縛りながら問うてくる。冷静に見ていれば、わざと逃したのだとすぐにわかる。

「……瑞月だったからだよ」

重い溜息をひとつついてから返した。

「あいつは獄賊の手先だ。殺しものうのうとやっている」

この事実は翠を傷つけるだろう。知ったときの彼女のかなしみを思うと気が滅入る。

「…………」

榕も険しい顔のまま閉口した。

遅れてふたりで店内に戻ると、黒縄で縛られた店主と複数の男性客が白目をむいて床に転がされていた。

第三章 刀葉林の謎

1.

瑞月《みづき》と再会してから、数日が過ぎていた。

翠《すい》は、夜になるのを待って天鶱《てんよう》のもとに向かった。那霧《なきり》から、天鶱が腕を負傷しているらしいことを聞いたからだ。

外傷なら簡単に治してあげられるので、昼間、思い切って会いに行ってみたものの、多忙のため侍従《じじゅう》に追い返された。

夕刻になってあらためて那霧に申し出て、直接天鶱に伝えてもらうと、夜の遅い時刻ならいいとあっさり承諾がおりた。

天鶱が負傷とはめずらしい。しかも、ここ数日は閻魔庁《えんまちょう》で審判を行っているだけなのになぜ怪我を負ったのか。

(王宮内でなにかあったのかな?)

しかし傷害事件が起きたなどという話も聞いていない。

寝支度をととのえた女官たちが、寝間でごろ寝をはじめる亥《い》の刻も半ばのころ。

翠もいつものように湯あみをしてからいったんは横になったが、古桃《こもも》に「天鶱様の怪我を治してくる」と告げて寝間を出た。

翠はひとり夜道を歩いて、天鶩の起居する清稜宮《せいりょうきゅう》にたどりついた。

それから侍衛《じえい》に取り次いでもらい、寝所に通された。

夜、寝所に行くのはためらわれたが、向こうの指示なのだし、さすがにいきなり手など出してこないだろう。

天鶩はまだ寝ておらず、厨子《ずし》棚の上に置かれた鳥籠の小鳥に匙《さじ》で水をやっていた。

「おやすみのところ、申し訳ありません。お怪我をされたとうかがったので参りました」

翠が衝立《ついたて》の横から顔をのぞかせると、天鶩が「おいで」と命じてきた。

「怪我のことは、口止めしたはずなんだけどな」

小鳥に水を与えながら言う。那霧から聞いたとおり、利き手でない左手を使っている。

「天鶩様を心配してらっしゃるんですよ。傷を見せてください。わたしが治します」

「大した怪我じゃないよ」

「那霧様はそうはおっしゃってませんでした」

翠が腕に手を伸ばしかけると、天鶩はあきらめたようすで匙を置き、みずから寝衣の袖《そで》を捲《まく》った。

前腕に包帯が巻かれていた。

翠がゆっくりと包帯や巾をはずしてゆくと、刃物で斬りつけた傷がでてきた。

深いのだろうか。血は止まっているものの、腫《は》れもひいておらず痛々しい。

「どこでこんな傷を?」

翠は眉をひそめた。

「昨晩、出掛けた先で犬に嚙《か》まれた」

(嘘《うそ》ばっかり……)

言い訳が適当すぎる。那霧によると、天鷲が夜中にお忍びで出掛けるのはめずらしくもないらしいが。

「天鷲様にこんな傷を与えるなんて、どんな猛犬だったの?」

「おまえによく似たはねっかえりだったよ」

冗談めかして言うので翠も大して深読みはせず、「なんですかそれは」と笑って流した。

廻帰《かいき》の力を使うため、傷口に手のひらをかざす。

――原点廻帰。

目を閉ざして念じると、傷はたちまち失せて元のきれいな素肌の状態に戻った。これで痛みもなくなっただろう。

「…………」

数拍の間があった。

「どうされましたか?」

天鷲にはめずらしく、腕を見つめたままどこか上《うわ》の空といった印象だ。

声をかけると、我に返ったようすで目を瞬《またた》いた。

「つくづく便利な力だな……」

傷跡がすっかり消え失せた腕をなぞって感心する。しかし、快癒《かいゆ》したわりにはどことなく表情が冴《さ》えない。頭ではなにか他事を考えているふうだ。

「不快でしたか？」

気になってたずねるが、

「そんなことはないよ。むしろ――」

天奮は言いかけて、言葉を呑《の》み込んだ。

「むしろ、なに？」

翠は続きを待つが、

「いや、……なんでもない。助かったよ。ありがとう」

愛想程度にほほえんで腕をしまわれてしまう。

はぐらかされたような心地でいると、小鳥がチチチッとなにかをねだるようにさえずった。

文鳥に似た顔立ちの、小さな白い鳥だった。瞳が赤い。

「翠の霊力に反応したな」

「このまえはこの子がいるのに気づきませんでした」

「あの夜は結界を張っていたから別の部屋にうつしたんだ。こいつは霊力に敏感だから」

よけいな負担をかけたくないので隣室に置いたのだという。

（小鳥にも優しい天鴦様……）

結界を張ったのも翠を守ってくれるためだった。

てっきり閉じ込めて嫌がらせをしているのだと思っていたのに。あとで那霧からそう聞いて驚いたものだ。

「かわいい鳥さんですね」

夜行性なのだろうか。深紅の瞳がぱっちりあいている。

「鳥籠は俺が作った」

「えっ」

注目すべきはそっちだったか。

鳥籠は竹製の屋形風で、出入り口の脇には唐草《からくさ》の透かし彫りまでほどこされた繊細な造りだ。

「天鴦様は器用なのね」

もはや職人技としか思えない。

「あまり役に立たない趣味だけどな」

もの足りなさげにぼやく。たしかに審判には必要ない技術ではある。

「この子、なにか喋《しゃべ》れるんですか？」

翠は小鳥の顔をのぞきこむ。

「オハヨウとダイスキ」

翠はぶっと噴き出してしまった。小鳥が反応して『ダイスキ』とくりかえした。

小首を傾《かし》げる仕草がなんともかわいらしいが、

「天鶩様……、もしかしてさみしいの？」

小鳥に慰めてもらわねばならないほどに。

「母上が教えたんだよ」

「え？」

「これは母上から譲り受けた鳥なんだ。言葉はそのときから仕込まれていた」

たしかに女性の声質を真似た感じだった。

「お母君は、お亡くなりになったのだと聞きました」

「ああ。俺が修行に出ているうちにね。流行《はや》り病にかかったと聞いたが実際はわからない。戻ったときにはとっくに弔《とむら》いも済んでいて、愛玩《あいがん》として飼われていた鳥の数羽だけが遺品として俺のもとに届けられた」

死に際に、母がそう望んだのだという。鳥に我が子への想いを託したのだろうか。

軽々しく聞こえていたダイスキという言葉が、急に言霊《ことだま》のごとく深い意味を伴《ともな》って聞こえるようになった。

「母上は商家の出身で、とても物知りだった。出入り商人や書物からいろいろ学んだのだろう。結《むすび》家のことも母上から聞いたんだよ。壊れたものを元に戻す異能を持つ人がいるのだと」

大昔に、そういう御伽《おとぎ》話のような不思議な力を使う結という一族が存在したらしいと。

「だから俺はおまえに興味を持った」

「そうだったの」

結家の名にたどりつけたのはそのためか。

「わたしは、亡きお母君のおかげでここにいられるのね」

天翥が自分に興味を持つきっかけを与えてくれた人なのだと思うと、不思議な感慨がわきおこる。

もう夜も遅いので、翠は退室するつもりで話を切りあげた。

「今夜はゆっくり休んでくださいね。また明日もたくさんの亡者がつめかけるんだから」

「明日は刀葉林《とうようりん》の視察なんだ」

天翥は鳥籠の戸をそっと閉めながら言った。

刀葉林は早鶴《さづる》のいる獄《ごく》である。

「なにかあったんですか？」

もしや彼女に会いに行くのだろうか。

「このところ刀葉樹が枯れぎみで、亡者が平気で上まで登ってくるのでなんとかしたいと閻魔庁に協力要請があった。その下見に」

「そういえば、まだ花は咲かないのかと夏葉《かよう》様が気にしておられました」

「ああ、開花も例年よりずいぶん遅れているらしいな」

翠は少し考えてから言った。

「わたしも一緒に行きたいです」

「どうして？」

天鶩がいぶかしむ。

「わたしが廻帰の力を使って、刀葉樹の枯れた原因を探ってみます。枯れてゆく過程を見れば、なにか解決の糸口がつかめるかもしれないわ。早鶴さんも困っていたから……」

せめて原因だけでもつきとめられたらと思う。

「翠の肺には負担がかかるんじゃないか」

「第三層目の獄くらいなら平気だって、瑞月が言ってました。それにここの生活にも慣れたし、最近はまかないでおいしいごはんをいっぱい食べてるから丈夫なの」

怠《なま》けたり、力を使わないでいると太りそうなほどなのだ。

「ああ、そういえば、このまえのさしいれはおいしかったよ」

ふと、天鴦の表情がなごんだ。

「ほかにもいろいろな味があるから、また作ってきてあげる」

翠も、握っていた刻《じかん》を思い出して顔がほころんだ。なぜか、とてもしあわせだったのだ。釜《かま》いっぱいに炊《た》きあがったごはん。米を握るという行為そのものが贅沢《ぜいたく》で、食べものに困っていないことを象徴しているせいだろうか。

「楽しみにしてるよ」

天鴦のほほえみに、ますますあたたかな気持ちになった。

鳥籠の小鳥がまたチチッと鳴いた。

「きれいな瞳……、天鴦様とおなじ赤色だわ」

翠は小鳥の小さな赤い瞳にじっと見惚《みと》れながらつぶやく。燭台《しょくだい》の炎に照り映えて、艶《つや》やかに輝いている。

「この色はきれいかな」

天鴦は解せないようすで見つめる。

「きれいですよ。いつも宝石みたいだと思って見ています」

強い力を宿した神秘的な双眸《そうぼう》。この地獄道《じごくどう》において、だれひとりとしてこれほどに深く美しい瞳を持つものはいないだろう。

ところが、天鴦は不快げに目をそむけた。

「俺は嫌いだ。血の色にしか見えない」

「血？」

たしかに血の色にも似ているけれど。

声に潜むかたくなな感じが気になった。自分の瞳を忌《い》み嫌っているような。嫌悪をとおりこして、もはや拒絶だ。

獄に行けば、血は常にあふれている。血と炎。それが地獄の象徴。冥界《めいかい》の王にはむしろふさわしい色なのに。

「血は生きる力の源《みなもと》で、命そのものをあらわす美しい色をしていると思います。この子や天鴦様の瞳もおなじ。とてもきれいで惹《ひ》きこまれるわ。わたしは好きですよ」

自分の瞳を嫌いだなんて言わないでほしかった。

天鴦が翠に視線をうつしてきた。

それきり、じっと黙ったまま見つめてくる。濡れた柘榴《ざくろ》石を思わせる、混じりけのない深紅の瞳で。

「…………」

こんなきれいな目をしているのに、なぜ拒むのだろう。

疑問に思っていると、小鳥がだしぬけに明るい声で『ダイスキ』と言った。

「あ」

（わたしが好きって言ったから……）

なにやら急に気恥ずかしくなってきた。

「わたし、そろそろ戻りますね。おやすみなさい」

礼をして去ろうとすると、

「翠」

二の腕をつかまれてひきとめられた。

「今夜はここで寝ろ」

どきんと鼓動がはねた。

「ここって……。あの……、はなしてください」

翠はつかまれた腕を少し引いた。

「どうして」

「な、なんかどきどきするから……」

心の臓が、にわかに高鳴りだした。

「俺もだ」

「えっ？」

顔をあげたとたん、隙《すき》をつかれて彼の懐《ふところ》に引き込まれてしまう。が、

「おまえ、ほんとうに隙だらけだな。男に対して警戒心がなさすぎる」

あっさり腕に囲われてしまった翠を見て、天鷟が軽く笑った。

「俺も」は翠をとらえるための嘘だった。この男の鼓動がそうやすやすと乱れるはずがないのだ。

「はなしてください」

翠は身を捩《よじ》った。頬《ほお》ばかりがどんどん赤くなる。

「傷を治してくれたお礼に、俺が朝まで同衾《どうきん》してあげるよ」

「ひ、ひとりで寝られるからいいです。というか、みんながいる部屋に戻ります」

「たまにはいいじゃないか」

「桃にすぐに戻ると約束したの。きっと心配してわたしを探すわ」

「俺の寝所で見つかるんだから問題はないよ」

天鷟はそう言って、翠の体を軽々と俵担《たわらかつ》ぎにした。

「おおありです。おろしてっ」

翠は手足をばたつかせて抗《あらが》うが、

「こんな夜中にのこのことやってきたおまえが悪い」

天鷟はどこ吹く風で床榻《ベッド》に向かう。

「この刻《じかん》しか会わせてもらえなかったからだわ。それにわたしは傷を治しに来ただけですっ」

「わかってるよ。だが、もし俺が妙な気でも起こして手を出してきたらどうするつもりだったんだ？」

清らかな絹の敷布の上におろされ、組み敷かれた。

「………」

まさにいま、出されているのだが。

「わたしの知っている閻魔王はそんな下衆《げす》な行為には走りません」

翠はぷいと横を向いた。

「悪い男になると約束した」

天鴦が、そっと翠の髪留めをはずした。

洗いたての髪がほどけて、はらりと絹地の上にひろがる。

「だからそれは……勝手に……天鴦様がおっしゃっただけで……」

指先で髪を弄《もてあそ》ばれ、ますますどきどきして落ち着かない。

「梔子《くちなし》のいい香りがする」

首筋に顔をうずめながら天鴦がつぶやいた。

翠は急所を押さえられた小動物のようになって、完全に身動きが取れなくなった。

「み、みんなで摘んで……浴槽に入れたの。……庭にたくさん咲いてたから……」

花湯は箱庭暮らしの娘たちのささやかな楽しみだ。

「では……次は茉莉花《まつりか》の湯にしようか、おまえだけ」

甘い声で囁《ささや》かれる。耳朶《じだ》にほとんどふれるかのような距離で。

（茉莉花……）

それは閻魔の妃の象徴花なのだと夏葉が言っていた。天鶩はわかっていて、わざと口にしているのだろうか。それともただの気まぐれか——。

「ほら、ここで抵抗を忘れてどうする。おまえの力は身籠ったら消えてしまうんだろう？」

腰帯をほどかれて、ひやりとした。

「ほ、本気なの……？」

そんなの困る。

「さあ。おまえ次第かな」

天鶩はうっすら笑っている。

「わたしはいやです。やめてください」

一夜の戯《たわむ》れはいやだ。男にはたやすく肌を許してはならないと村の姐《ねえ》さんたちから教わった。無残に貪《むさぼ》られ、うち捨てられてしまうだけだからと。

なにより、廻帰の力を失いたくない。いまはまだ。

（そうだ）

翠は妙案を思いついた。力を使って天鶩の劣情を消してしまえばいいのだ。刻《とき》を戻すことでそれが叶う。

(で、その隙に逃げる。……それがいいわ)

翠はさっそく胸を押し戻す手に集中した。

天翥はいたって涼しい顔をしていて、どこまで欲情しているのか謎だったが、ひとまず平常心を原点にして念じてみた。

——原点廻帰。

が、思わしい手ごたえがない。

かたちのないものを扱うのは難しい。

(あれ……?)

「…………」

目が合うと天翥は、ふっと勝ち誇ったような笑みを浮かべた。

やはり効いてない。

「なんで……?」

翠は焦って天翥の胸をばしばしと乱暴に叩くが、もちろん効果は見られないし、びくともしない。

「残念。廻帰の力は通じないらしい。で、あとはどう切り抜けるつもりだ?」

天翥は呑気《のんき》に片手枕で笑っている。もちろん腰から下をしっかり押さえ込まれているから逃れられない。

「どうって……、どうすればいいの？」

強すぎて体術もかなわないし。こんな相手に遭遇したら――。

「さあな。それより衣《きぬ》の乱れを先に直せ。そんな白くてみずみずしい胸や内腿《うちもも》なんか晒《さら》されたら、たいていの男は理性が揺らぐ」

見れば胸元も下肢《かし》もかなり乱れて、ずいぶんしどけない姿になっている。

「は」

翠は真っ赤になって、あわてて懐を掻《か》きあわせた。

乳房のふくらみに遠慮なく注がれる視線がまた、焦りをいっそう増長させる。

「結べない……っ」

ほどかれた腰帯を結びなおそうとしても、どういうわけかできない。何度結んでもほどけてしまうのだ。

「俺が邪魔してるからね」

天鴦はにやにやしている。おそらく眷属《けんぞく》の掌善童子《しょうぜんどうじ》を操っているのだろう。

「どうしてこんな子供みたいな意地悪するんですかっ」

「おまえにここにいてほしいからに決まってるじゃないか」

「…………」

正々堂々と返されるので、次の言葉が出てこない。

「困ったな、翠。いつどんな異能持ちの好色漢が力を奪いに来るかもしれないのに、これでは貞操を守りきれないな?」

あやすように優しく抱きすくめられると、呪いでもかけられたみたいに体の力が抜けて抗えなくなった。

「はなして……」

たしかにこんな異能持ちの強い男が相手では太刀《たち》打ちできない。

「いやだ。はなしてやらない」

こめかみに口づけを落としながら囁かれ、もうどうにも逃れられなくなったそのとき。

「ん?」

なにかの気配にいち早く気づいて、天鷟が視線を出入り口に走らせた。

翠もじっと耳をそばだてていると、ほどなく、だれかがあわただしく走る足音が近づいて、衝立の向こうで開き戸があいた。

「天鷟様、大変だっ、翠がいなくなった。——あっ」

女官の腕をすり抜けて駆けてきたのは古桃だった。

「申し訳ございません、天鷟様っ、この者が、引き止めてもさっぱり言うことをきかず……」

古桃を取り押さえながら女官が詫《わ》びる。

「翠ならこのとおり俺の下敷きだよ」

天鴦は翠を組み敷いたまま、にっこり笑って返す。

「え？　まだここにいたのか」

「桃っ、助けて」

翠が訴えかけると、

「あ？　あたし、お邪魔虫……じゃないのか？　どっちなんだ」

古桃は眉をひそめて戸惑う。

天鴦は翠を解放すると床榻から降りて、

「俺は助かったよ。翠があまりにも従順なので危うく手籠めにしてしまうところだった」

自分の寝衣の乱れを正しながら大真面目にのたまう。

「精一杯抵抗してましたけどっ」

嫌みなのだろうか。

翠もさっさと床榻から降りて、乱れきった衣をととのえた。今度は腰帯も簡単に結べた。

「帰るの？」

古桃に問われ、

「帰るの」

翠は出入り口のほうに向かいだす。危うく流されるところだった。

「さみしいな」

天鶩が引き留めるが、

「小鳥さんでも抱いて寝てください」

翠は赤くなりながらつっぱねた。

「……それにしても廻帰の力、どうして効かなかったんだろ」

じっと手のひらを見つめる。もしや力が弱ってしまったのだろうかと不安を覚えていると、

「俺にその気がないからだろ。はじめから原点なんだから戻しようがない」

見送りについてきた天鶩がしれっと答えた。

その気がない。なるほど。

「つまり天鶩様は完全にわたしを弄んでいたということですね。最低っ」

出入り口で天鶩をふり返った翠はむくれた。こっちが女としての魅力に欠けていたのかもしれないが。

「そんなに怒らなくても。世間知らずの翠のために、ちょっと警告がてら悪い男の芝居をしただけじゃないか」

「妙なマネはやめてください。本気かと思って寿命が縮まったわ」

「途中まで本気だった」

「えっ」

「おやすみ。明日は遅れないように」

にこりと笑って、戸を閉められた。

「………」

「途中ってどこだ、翠」

古桃が興味津々《しんしん》につっこんできたが、

「ええと、なに話してたっけ……」

あわてて記憶を辿《たど》ろうとしたものの、胸がどきどきしていたこと以外は具体的に思い出せそうにないのだった。

2.

その巨大樹が林立する平地は、林というより森に見えた。

遠方の刀葉樹の上で、蓮《はす》の花をかたどった蓮台《れんだい》に乗った女たちが、亡者に手招きをして何事か声をかけている。

亡者は夢中になって木に登ろうとするが、葉が刃物だから簡単にはいかない。痛みもあるし、恐怖もある。それでも刃を血で染め、肉を抉《えぐ》られても美女に辿り着きたくてよじ登ろうともがいている。憐《あわ》れな姿に眉をひそめていると、

「獄にいるあいだはこれで鼻と口を覆《おお》っていろ」

天奮が袂《たもと》から手巾を取り出してきた。

業風《ごうふう》にやられるといけないからだろう。ご丁寧に翠の口元を覆って結んでくれる。

「ありがとうございます」

これなら喉《のど》や肺を痛めなくてすみそうだ。

「天奮様は面倒見がいいな」

下から眺めていた古桃がつぶやく。

「ほんと。鳥さんのお世話もまめまめしくしていたしね」

翠も納得していると、

「とくに鳥や魚みたいな弱い生き物の世話をするのが好きなんだ」

「ん？」

「それは翠が弱いってことか？」と古桃。

「まあ、腕力はないいな」

天奮はてきとうに返しながら先を歩き出す。

本地仏《ほんじぶつ》を宿すほどに強い天奮から見れば、ツノナシの翠など鳥や魚とおなじくらいに弱

い下等生物なのかもしれない。

（でも、その弱い者をかばってくれるのが天鴦様……）

前を行く天鴦の背中を見つめながら、翠も刃物の葉のすきまから届く木漏《こも》れ日のなかを歩きだす。

だれかに守ってもらったり、思いやってもらえるのはしあわせなことだ。

母や鵠《くぐい》がいたころは、あたりまえすぎて気づかなかったし、天ヶ瀬《あまがせ》村でひとりになってからは日々の暮らしに追われて忘れてしまっていたけれど――。

巨大樹をぬってしばらく歩いていくと、獄府《ごくふ》の分所とおぼしき殿閣《でんかく》が見えた。

門扉《もんぴ》をくぐると、早鶴と、彼女とおなじように着飾った女獄吏《ごくり》がふたりばかり出迎えてくれた。

「お疲れ様でございます、天鴦様。翠殿もようこそ」

三人の女冥官《みょうかん》がそろって手をあわせて礼をとった。

「このまえはありがとう、早鶴さん」

数日ぶりではあるが、早鶴はあいかわらず美しかった。背丈もあるからか、威風堂々として見える。けれど、一番の魅力はなじみやすい性格にあるのだろう。威張ったり気取ったところがなく、だれとでもすぐにうちとけられそうな。

「その後、刀葉樹の状態はどうだ」

天鶩が、後方の木々を見上げて問う。

「悪化しているふうではありません。あのようにわずかながらも蕾《つぼみ》は出てきております」

早鶴が枝ぶりのよいところを指さして答える。

林全体が枯れぎみだったころよりは、ずっと良い状態なのだという。

天鶩はふたたび刀葉林のほうに出て、早鶴たちとしばらく各所を巡りながら話し込んでいたが、軒車《くるま》のところまで来ると、

「ちょっと八沸湖《やふつこ》を見てこよう。翠はそこの東屋《あずまや》で休んでいてくれ」

天鶩が翠をふり返って言った。たしかに近くに東屋がある。

「いいんですか？」

まだなにも役に立てていないのに。

「ああ。湖の周辺は湖水の影響で瘴気《しょうき》が濃いから、おまえはあてられそうだ。無理しないほうがいい」

八種のガスが噴出しているのだという。

「わかりました」

翠は素直に頷《うなず》いた。せっかくだから湖も見てみたかったが、以前のように発熱したらかえって迷惑がかかる。

「すぐに戻りますわ」

早鶴がこちらにほほえんでから、天鷲と一緒に軒車《くるま》に乗り込む。その際、早鶴の髪留めの細い組紐《ひも》がほどけかけているのに気づいて天鷲が結びなおしていた。

「天鷲様はくそ優しいな」

ふたりを見ていた古桃がつぶやいた。

ささいな異常にもすぐに気づく。視野が広いというのか。

「ほんとね」

「それにしても絵になるふたりだな」

「ほんとにね」

茶話会の席で、天鷲と一番仲がいいのは早鶴だと言われていた。たしかに親しげに見える。閻魔と一介の冥官としてみればふつうの眺めだが。

（楽しそう……）

物見窓からふたりが親しげに話しているのがちらと見えた。

仕事の話とは思えない、くつろいだ表情で笑いあっている。那霧とも仲良さそうに雑談しているのを見かけるが、早鶴だとまたちがった雰囲気である。

しかし翠は咳払《せきばら》いをひとつして、つまらない感情は頭から締めだした。どのみちツノナシの自分などおなじ土俵にあがれない。

しばらく東屋で古桃とお喋りしながら待っていると、美女軍団のひとりが詰所の楼閣《ろうかく》からお茶の道具を持ってきて支度してくれた。

つんとした美人で、粛々《しゅくしゅく》とお茶を淹《い》れて「どうぞ」と差し出して去っていく。

「なんか怒ってんのかな?」

古桃がうしろ姿を眺めながらぼやく。

「日々、亡者に愛想をふりまいているから、裏方ではぶすっとしていたいのよ。わたしたちが自分たちのまかないは手抜きになるのとおなじで」

四六時中、全力で生きるのなんて無理なのだ。

不愛想でも淹れてくれたお茶はおいしかったので、翠はごちそうさまでしたと感謝した。

しばらく待っても天鵞たちが戻らないので、翠は古桃とふたりで刀葉樹のもとに向かった。

樹木が枯れた原因を探ってみるつもりだ。

真下から見上げると、その鋭利な刃の葉といい、極太の立派な幹といい、迫力満点だった。

亡者には樹の上の美女がかつて愛した女に見えるのだという。いくら愛《いと》しい女がいても、これを登ろうとは思えないのだが。

「亡者の血が一番の栄養なんだって。鉄分豊富だから」

このまえ早鶴からそう聞いた。

「ふうん。落ち葉の季節はどうなるんだ？」

「ちょっと脆《もろ》くなった刃がふりそそぐとか」

「焼き芋はできねーな」

「枯れ刃は鍛冶《かじ》屋か鋳物《いもの》屋が回収しに来るんだって」

再利用して儲《もう》けられるのだから、これは金のなる大樹である。

「いまから戻してみるね」

翠は木肌に手を当ててみた。

幹は太く、この樹木に流れた年月をしみじみと感じられるけれど、かなりの違和感をおぼえた。壊れものとは微妙に異なるものの、なにかある。

原点は春をすぎて、木が新芽を吹きはじめたころがいいだろうか。

——原点廻帰。

念じると、ざわりと風がゆれて、翠がふれている刀葉樹だけに変化がおとずれた。

「あっ」

古桃が声をあげた。

「見て、翠、刃の葉が錆《さ》びちまったよ」

春先はひどい状態だったと聞いたが、これがその時期だろう。

さらにもっと前、正常だったと思われるころまで巡りを戻してみると、錆びた刃はいったんはきれいに生えそろって、小さく縮んで枝のなかに吸い込まれていった。

「新芽が出るころはふつうだったんだ……」

その後になにかが起きた。葉が枯れ、開花が遅れるなにかが。

翠のなかでも、その時期にあきらかに横槍が入ったような感覚があった。

樹木を目視するだけではわからない、微妙な変化だ。

「こっちならわかるかも」

翠は足元を見た。

「土？」

「そう」

かつて住んでいた初江州《しょこう》は穀倉地帯で、天ヶ瀬の村でも多くの農作物が作られていた。作物は日照のほかにも水や土壌の影響も大きく受け、出来ばえが変わってくる。

土の変化を見るため、一握《いちあく》の土を手にしてみた。

「赤土っぽいな」と古桃。

山地の赤土が九割以上、そこに少し粘土や細かい礫《れき》が混じっている。さらになにか黒い粉のような粒子も見られた。この土地、特有の鉱物だろうか。初江州では見たことのない地質だ。

廻帰の力を使ってみると、赤みをおびた土の色が黒っぽく変化し、さらにしばらくするときれいな赤土になった。

かつてはこのきれいな赤土だったということだ。

「なんか途中で鳩《はと》のうんこみたいな色になってたな」

たしかに土の成分が、一時期、黒く変化していた。

「原因はこっちにあるのかもしれないね」

なぜ地質に変化が起きたのだろう。

ひとまず廻帰の力で刀葉樹の刻《じかん》を現在の状態に戻した。

それから手元の細かな土の粒子に目を凝《こ》らして原因を考えていると、頭上にひとの気配がした。

見ると、いつのまにか蓮台に乗った数人の美女が集まってきていて、上空からこっちを眺めおろしていた。刀葉樹をいじったから気づいたのだろう。

「見て、あの鄙《ひな》びた娘がわたくしたちをさしおいて天鶩様の花嫁候補ですって。早鶴様の話とずいぶん違うわ」

「まあ、ただの地味な下女ではないの。どこの田舎娘が紛れこんだのかと思ったわ」

「でも意外と高そうな簪《かんざし》を挿《さ》していているわね。あの特徴的な垂れ飾りに見覚えがあるわ。花の造りは〈美筒屋《びづつ》〉のものじゃなくて？」

「まさか、一介の下女ごときが王家御用達《ごようたし》の〈美筒屋〉の飾りものなど買えるわけがないでしょう」

「春の特別賞与をつぎ込んで買ったんでしょうよ。貧乏娘が見栄のために大枚はたいてむなしい背伸び。よくある話ね」

美女たちがせせら笑った。獄の第一線で働く女獄吏と比べれば、たしかに台盤所《だいばんどころ》の下女の俸給は乏しいだろう。

「それにしてもツノナシの分際で勝手にわたくしたちの縄張りに踏み込んできて何様かしら？」

「格下の田舎娘は特別な手柄をたてないと王宮に置いてもらえないから必死なのよ」

「どうせ三月もすれば飽きて捨てられるに決まっているのに、憐《あわ》れね」

美女たちはさらにネタを選んでかわるがわる翠をこきおろす。ふだん、口八丁で男を手玉にとっているだけあっておもしろいくらいに口が回る。

しかしどれほど見下されようが、翠は気にしなかった。蔑《さげす》みには慣れているし、ツノナシで田舎娘なのは事実なのでここで張り合ってもはじまらない。が、

「黙れブスども、ぜんぶ丸聞こえなんだよ」

古桃が腰に手をあてて威勢よく吠えた。

じろりと視線をうつした美女たちが、古桃が意外とかわいいので、一瞬怯《ひる》んだのがわか

った。

「んまあ、なんなの、あの生意気な獣人の小娘は」

「しっ、獣人の身で天鴦様の随行を許されるなんてどっかの名のある氏持《うじも》ちでしょ、おさわり禁止よ」

別の美女が鋭く咎《とが》める。するとそのとなりにいた美女が、

「ちょっと、天鴦様たちがお戻りよ」

蓮台ごと下降してきた美女たちは、地に降りたってふたりのお出迎えにそなえた。

「おかえりなさいませ、天鴦様」

天鴦と早鶴が軒車《くるま》から出てくると、美女たちはさきほどまでの雑言《ぞうごん》などおくびにもださず、借りてきた猫のようにとりすまして居並んだ。

「なんだ、こいつらの変わりようは」

古桃は呆《あき》れ半分につっこむが、翠は「まあまあ」となだめつつ、

「暇だったので刀葉樹を調べてみました」

天鴦たちに告げた。

「ありがとう。なにかわかったか?」

「新芽のころはとてもいい状態でした。木が枯れた原因は土にありそうです」

翠は土を見せ、さきほど古桃と目にした刀葉樹の経過をふたりに話した。

「土の状態を見る限り、本来の状態に戻りつつあるようなので、このまま開花を待っていればいいと思いますが」

「なんとか月中までに開花しないものかしら。夏葉様がお待ちなの」

早鶴がぼやく。

「すべての樹を昨年の開花時まで戻してしまえば可能だと思いますが」

土もよい状態になるだろう。

「できるのか?」

天鵞に問われる。あまり乗り気ではなさそうだ。

「できないことはないです。一度にぜんぶ戻すのは無理でも、一本、一本地道にやればなんとか」

(瑞月となら一気にできそうだけど……)

あの調子だと、おそらく協力を拒むだろう。結家を利用したがっている冥府高官たちの思うつぼだと。

「いかがですか、天鵞様?」

早鶴や美女軍団は期待して天鵞の判断を仰ぐが、しばらく考えてから答えた。

「いや、やめておこう。林の範囲は広い。これだけの刀葉樹と土壌をすべて正常な状態に戻すとなると翠が相当消耗《しょうもう》するだろう。もうしばらくようすを見て、開花を待とう」

あくまで翠の身を案じてくれているふうだ。

「いいか、早鶴？」

「もちろんかまいません」

「それより地質の変化について、明確な原因を探ってくれ。本庁からもひとを寄越すよ」

「承知いたしました」

早鶴は心得たようすで礼をとった。


その後、しばらく林のなかを視察し、詰所で昼餉《ひるげ》のもてなしを受けてから帰路に就いた。

翠は、軒車《くるま》のなかで軽く咳《せ》いてから口元の覆いを取り外した。ときどき咳きこむところをみると、やはり瘴気の影響はあったのだろう。

「大丈夫だったか？　今日はわりと空気が淀《よど》んでいた」

「はい。無間《むけん》地獄に比べたらずっとましでした」

「あそこは一番深い獄だからな」

無間地獄は息を吸い込むたびに、なにか気道にひっかかる感じがあった。

「それにしても、早鶴さん、こんなところを女手ひとつで仕切るなんてすごいわ」

もう二度と来られないかもしれないので、翠は見納めとばかりに物見窓から刀葉林を眺りできている」

めた。美女軍団の監督だけでも大変そうだ。親から譲り受けた地位ではあるが、うまくきりも

「ああ、早鶴は仕事熱心のいい女だよ。

ここの職もほぼ世襲なのだという。

「でも感情で動くところもあるから注意は必要かもな」

早鶴の人となりについてはよく理解しているふうである。

「那霧様と幼馴染《おさななじみ》なのだとうかがいました」

「そういえばふたりとも平等州《びょうどうしゅう》の出身だな」

「とてもきれいで垢《あか》抜けているから、冥都《めいと》の生まれだと思ってました」

もちろん家格はどちらも高いのだろうが。

女官のはしくれ——しかも無品の臨時採用の自分と、刀葉林を仕切る女頭領である早鶴とでは格が違いすぎる。

夏葉は早鶴を認めていた。氏を取り戻して、あのくらいの女丈夫にならねば閻魔の花嫁にはなれないのだろうか。

翠がそれきり黙りこんで外の景色を見つめているので、古桃がぬっと顔をのぞいてきた。

「なんだ、やきもちか、翠?」

「そんなんじゃないよ」

「ほかになんかあんの？」

「べつになにもないわ」

胸がもやもやしているのも、きっと空気が悪かったせいだ。

すると天斎が訊《き》きもしないのに教えてくれた。

「早鶴はただの飲み友達だよ。ああ見えて底無しの酒豪《しゅごう》なんだ。俺も酒は好きだが、飲酒は五戒のひとつに数えられているくらいだからな。ふたりして飲んだくれの酒乱夫婦になるわけにはいかないから彼女を娶《めと》ることはまずない」

「天斎様は飲んだくれの酒乱になった経験があるの？」

「乱れはしないが飲んだくれるのはある」

そういえば以前も、ほかの十王とは廓《くるわ》でのどんちゃん騒ぎで仲を深めたのだとか言っていた。

「意外とクズだな、天斎様」

と古桃。

「ははっ、そこに関してはクズかもな」

希子《きこ》が閻魔王にならなければただの腐れ外道だと笑っていたのは事実なのか。

「そうそう、それに早鶴にはほかに懸想《けそう》している相手がいるらしいよ」

「えっ」

「詳しくは知らないが本人からそう聞いた。まだ少し気になる程度らしいが、身分が違うのでどうにもなれないと嘆いてたよ」

「身分違い……」

本人が言うのだから間違いはないのだろう。

「べつに身分なんかどうでもいいじゃん。彩《あや》姉は、結局好きな男と一緒になったよ」

「かけおちというはた迷惑な過程を経《へ》ての結果だろう。愛に生きるのはいいが、早鶴のように背負うものが多い立場だと、なかなかむずかしいんじゃないか」

天鴦が少し苦笑しつつ、脇に置いてあった帳面の束を手にする。

「また仕事ですか？」

「閻魔庁に帰ったら獄司たちのご機嫌取りが待ってるんだ」

つまり冥府高官らとの会議なのだろう。

「薄暗くて、字が読みづらいじゃない」

洞窟《どうくつ》に入ったので、頼りない飴《あめ》色の明かりしかない。

「俺は天人族《てんにんぞく》だから、その気になれば夜目がきくんだよ」

優れた種族はこういうところが違う。

「着くまで寝てけば？」

古桃も言う。

「膝枕《ひざまくら》してあげましょうか？」

翠が言うと、なぜか数拍の間があった。

「…………」

天鷲の視線が翠の膝元におりる。

「どうぞ？」

減るもんでもないし、と思ってぽんぽんと膝を叩いて促《うなが》してみたが、

「……いや、仕事するよ」

真に受けるところでもなかったのか、おとなしく帳面に視線を戻してページを繰りだした。

それきりこちらには目もくれない。

「天鷲様、なんか顔赤くね？」

違和感をおぼえたらしい古桃もじーっと下から天鷲をのぞきこむ。

「赤くはない。古桃はきちんと座ってろ」

軽く叱られ、古桃はにやにやしながらもおとなしく席に戻った。

薄暮の視界ではよくわからなかったが、膝枕ごときで赤くなる人でもないだろう。翠はどうでもよくなって物見窓の向こうに視線をうつした。

胸のもやもやは、いつのまにか失せていた。

(わたし、なんでほっとしてるんだろ……)

安堵《あんど》したような不思議な感覚に、翠は戸惑いをおぼえた。

(天鴦様と早鶴さんの仲がただの友達だったから……?)

だからどうなのだ。

姉さんは天鴦に惹かれているのではないか――瑞月から、そう指摘された。

惹かれているのはたしかだ。彼はあきらかにほかのひととはちがう存在になりつつある。閻魔王なのだから特別なのはあたりまえなのだけれど。

一緒に笑ってくれたり、自分の知らないことを話してくれたり、そういうのがうれしいと思う。瑞月や古桃や、台盤所の仲間たちに思うように。

その感情は、遠い昔、母や鴇に感じていたものとも似ている。

でも、まったくおなじかというと、そうでもないような気もしてくる。

(よくわからない……)

しばらくすると洞窟を抜け、物見窓の向こうに、珪岩《けいがん》の柱が林立する見慣れない景色がひろがった。獄路《ごくろ》を抜けて、別の土地に入ったのだろう。

胸がすっとしたのは、獄から遠ざかって、空気がきれいになったおかげもあるのかもしれなかった。

３.

（蓮に鯉《こい》か……）

透かし彫りの入った豪華な手摺《てすり》の階《きざはし》をのぼりながら、瑞月は翠を思い出していた。

天ヶ瀬の蓮池にも鯉がいて、ときどきふたりで麩《ふ》をやりに行った。麩がなくなっても飢《う》えた鯉が大きな口をあけて集《たか》ってくるのがおかしくて、指をさして笑ったものだ。

翠は〈盾《たて》の羽衣〉をちゃんと身に着けているだろうか。

昔からどんな小さな約束でもきちんと守る人だったから、きっと律儀に着こんでくれているだろう。

頭皮がひりひりと痛む。昼過ぎになると、いつも角《ツノ》の付け根が痛みだす。

（つけ角なんてくそくらえだ）

いますぐにでも取り去ってしまいたい。

だが透千《とうせん》は生粋の鬼族だから、角なしでは彼になりすませない。宿舎に戻ってひとりになるまで堪《こら》えるしかない。

（ここか……）

瑞月は閻魔庁の最上階にたどりついた。

この階にあるのは月に一度の十王会議がひらかれる大広間。

そのほかに、閻魔王と司禄《しろく》と司命《しみょう》が執務にあたる部屋がそれぞれ三間ずつと、侍従の控えの間、さらに高官との密談の場となる談話室がある。

昨日の朝、閻魔王からじきじきにお呼びがかかった。

閻魔王が末端の新米冥官を召喚するなど異例のことだ。透千の正体が翠の弟だとわかっているからだろう。

実は、こっちもみずから謁見《えっけん》の申し入れをするつもりだったので渡りに船だった。翠について、会って話したい。

なぜ、いつまでも翠を王宮に囲っているのか。気まぐれでしかないのなら、今日にでも解放してもらいたい。彼女を利用する気でいるなら、なおさらだ。

翠は命に代えても守りたい。極刑覚悟で申し出るつもりだ。

「入れ」

廊下で待機していると、執務の間に通された。

案内人は司命の樒《しきみ》である。

いかにも育ちのよい御曹司《おんぞうし》といった風情《ふぜい》で、一見、爽《さわ》やかな好青年だが、仕える主に負けず劣らずの隙のなさそうな目をしている。〈馬耳東風《ばじとうふう》〉でのあざやかな一撃は記憶にあたらしいが、もちろんそこにはふれてこない。今日はあくまで一介の冥官に対する型どおりで公平な態度である。

瑞月が執務の間に入ると、彼は戸を閉めて姿を消した。そのように命じられているのだろう。

（いない……）

室内に、天奮の姿はなかった。

黒檀《こくたん》の机の上には閻魔帳が山積みになっている。閻魔王が背負う重責を思うと気が遠くなるが、こちらの知ったことではない。

方形の水槽の中で、尾のひらひらした数匹の魚が優雅に泳いでいる。

ガラス面には曇《くも》りのひとつもない。

八角形の鳥籠には色鮮やかな模様の鳥がいて、チチチっと平和そうにさえずっている。伝令に使う闇鷹《やみたか》や八咫烏《やたがらす》とは異なって麗《うるわ》しい。愛玩目的だろうか。もちろん鳥籠もきれいに手入れされている。

ほかに、巻物や書物がずらりとならんだ書架。八十巻ある獄門経典の並びにはひとつも乱れがない。

整然とした室内が、天奮の水も漏《も》らさぬ完璧主義な人となりをあらわしているようで息がつまる。

（わりと大雑把《ざっぱ》な姉さんとは合わないにちがいない）

少なくとも自分はそう考える。

執務机のうしろにある外の回廊に続く硝子戸《ガラス》が開いていた。

閻魔庁の各階には、冥都を一望できる軒《のき》の深い回廊がぐるりと巡っている。

急ぎで移動する冥官が使うほかは、眠気覚ましや、考えが行き詰まった冥官たちの息抜きや雑談の場として使われている。

もちろん最上階の回廊に出られるのは閻魔王と、彼が許した近しい者だけだろう。

(僕も許されたのか……？)

主が戻る気配がないから、こちらから出向くしかない。

回廊に出てみると、果たして天鴦がそこにいた。

外の景色を眺めていたようだ。

ふだんどおりに、黒地に赤の差し色の入った龍鳳紋《りゆうほう》の大袖《おおそで》を羽織り、頭には黄金色の宝冠を頂いている。くつろいでいるように見せているが、隙はどこにもない。涼やかな美貌《びぼう》は相手を油断させるためのまやかしでしかない。いつでもこっちを殺す準備はできているのだろう。

天鴦がこちらを向いた。

とくに言葉を発さずとも、この判官の御姿だけで圧倒されてしまう。怜悧《れいり》な深紅の双眸《そうぼう》が、すべて見透かしていそうで恐ろしい。

左目を失っている自分を見て、天鴦はかすかに口元をゆがめた。

「あのときの賊はやはりおまえだったか、瑞月」

〈馬耳東風〉での記憶がよぎった。当然ながら同一人物であると見抜かれている。

「はい」

瑞月は慎重に頷いた。これで罪を認めた状態だ。どこまでの罪過を把握《はあく》されているのかはわからないが。

「素直に会いに来てくれるとは思わなかったよ」

手間が省けたとでも言いたげだ。逃げれば強引にでもひっ捕らえるつもりだったのだろうか。

「僕もお話ししたいことがございました。お目通りが叶い光栄です」

瑞月はいち冥官として、恭《うやうや》しく礼をとった。

「楽にしてくれと言いたいところだが、そのまえに――」

天鴦が右手を差し出して命じてきた。

「袂に隠している物騒な石をこちらに渡せ」

ぎくりとした。

ただの石ではない。爆石《ばくせき》と呼ばれる爆薬の溶け込んだ特殊な岩石で、火属性の霊力を込めれば爆発する。

瑞月に霊力はないが、知りあいの鬼に頼んで爆発させたのを、瞬時に廻帰の力で石の状態に戻した。もう一度、その時点に戻せば、瑞月でも爆発が起こせる。

その石を隠し持っているのがばれているようだ。逆らえば次はないと宣告された身なので慄然《りつぜん》とした。

〈馬耳東風〉でのすさまじい斬撃が脳裡《のうり》に蘇《よみがえ》った。

あのとき、廻帰の力を使わなければ、おそらく瀕死《ひんし》の状態だった。翠の言ったとおり、鵠と同格か、あるいはそれ以上。それもあくまで武術の話で、霊力では本地仏を宿す閻魔王である。とうてい勝ち目はない。

おそらく、みっともないくらいに竦《すく》みあがっていたのだろう。天鴦が言い添えた。

「安心しろ。見抜いたのは俺ではなく掌悪童子《しょうあくどうじ》だ」

「…………」

掌悪童子は閻魔王の眷属《けんぞく》のひとりだ。どのみち見抜かれたのに変わりはない。

早々に一本とられ、戦意をごっそり削がれたような感覚だった。

爆石を渡すと、天鴦は凪《な》いだ表情のままたずねてきた。

「左目はどうした？　翠からは弟が隻眼《せきがん》だとは聞いていないが」

「怪我をしました」

嘘だった。

「なぜ廻帰の力で治さないんだ。おまえならたやすく戻せるだろうに」

天鶩はけげんそうだ。

「事情があって、治せません」

「そうか。目は大切にしろ」

訳ありなのはお見通しだろうが、これ以上の追及はなかった。

緊張がとけない。瑞月はひとまず冷静になろうと息を吐いた。

その拍子に、咳きこんでしまった。

翠には隠しているが、冥都にやってきてすぐに肺病を発症した。素肌のところどころに細い血管がうっすら透けて見える。死期が近いのを示す、この病の特徴だ。だからこそ、この召喚にも素直に応じられたのだが。

天鶩は咳がおさまるのを待って言った。

「地方の村でおまえとおなじ症状の者を見たことがある。業風によって肺を患《わずら》ったツノナシの若者だった。俺が逗留《とうりゅう》しているうちに命を落としたよ」

「……おっしゃるとおり、僕はもうじき死にます」

自分の体なのでよくわかる。結家の血のせいもあるのだろう。

「だからそれまでは、僕の犯した所業については姉に黙っていてくれませんか」

先手を打つつもりで、あつかましくも堂々と願い出た。姉をかなしませたくない。

しかし天鴦の声音《こわね》がやや厳しくなった。

「愛する者を欺《あざむ》き続けるのはよくない。おまえの行いは翠を苦しめるだけだ。それに犯した罪は贖《あがな》わねば、来世もふたたび悪趣《あくしゅ》に生まれ堕《お》ちることになるぞ」

悪趣とは地獄道、餓鬼道《がきどう》、畜生道《ちくしょうどう》で、解脱《げだつ》の叶わない苦界とされている。判官らしい至極まっとうな説教である。

天鴦は数拍置いてからたずねてきた。

「ここまでの経緯を聞こう。それによって処遇を決めるよ。……おまえが尾禅《びぜん》という冥官の手引きで入庁したのはわかっている。なぜ獄賊《ごくぞく》とつるんでいるんだ？」

もはや隠し立てする気もないので、淀みなく答えた。

「尾禅に命じられました。『結家の血をひくおまえが、ツノナシ解放の旗印となって彼らを扇動せよ』と。去年、入庁して間もないころの話です」

「尾禅の目的は？」

「彼は差別の撤廃に異議を唱える反体制派の一員です。彼らは獄賊を利用して冥府《めいふ》転覆をはかっている。賊に暴れてもらい、事件を起こして閻魔王の威信を徐々に削いでゆく算段です」

「なるほど。先日の大学寮襲撃事件がいい例だな」

「はい」

「透千の正体がおまえだと知る者はどれくらいいるんだ？」

「いまのところ尾禅の妻と側仕《そば》えの者だけです。あくまで実の息子として使いたいようで」

「そうか」

「……僕も当初は、姉のように結家の再興をどこかで夢見ていたし、下層民の扱いが、冥府でも変わらず酷《ひど》いことを知って絶望していました。だから尾禅の言いつけどおりに動くふりをして、本気で賊に協力していました」

「差別の実情については把握している。まだまだ刻《じかん》が必要のようだ。おまえが獄賊に与《くみ》する動機にも十分になりえよう。俺の力不足だと認めるよ」

「…………」

潔《いさぎよ》く自分の非を認めるとは思わなかった。もっと傲岸不遜《ごうがんふそん》な王なのだとばかり——。

瑞月は意外に思いながらも続けた。

「僕は花街の遊郭《ゆうかく》で、とある獄賊の頭領と接触しました。瑞月としてです。賊の連中はすぐにのってきました。結家を味方につければ、冥府に干渉する力が得らえると考えているからです」

「事実、こうして閻魔王にお目通りが叶っているな」

天奮は皮肉めいた笑みを浮かべる。

瑞月は無言でひとつ頷いてから、

「しかし入庁して一年が過ぎるころ、さる人物から警告を受けました。廻帰の力は利用されるだけ。十姫《とき》は冥府に尽くした挙句、結局処刑される羽目になったのだと。だから結家は、やはり母の意思を継いで表舞台からは葬《ほうむ》らねばならないと考えをあらためたのです」

「翠への手紙が途絶えたころだな。……さる人物とはだれだ？」

「それは言えません。当人から口止めされているので」

ここは断固として拒んだ。翠にも伝えていない。

天鶩が追及してこないので、瑞月は話を続けた。

「尾禅は、僕に双子の姉がいるのは知りませんでした。だから僕は、自分さえ死ねば結家が断絶したと、獄賊と反体制派の両方に思いこませることができると考えました」

「なるほど。それで透千として冥官をやりながら、裏では獄賊として活動し続けてきたわけか」

「そうです」

自分は間もなく死ぬ。そのときをもって、結家は歴史の幕を閉じる。

「ところが姉が冥都に来て廻帰の力を披露したせいで、もうひとり結家の血をひく者が存在するのがばれてしまった」

それは結家を表舞台から葬る計画が台無しになったのを意味していた。

「今後は僕だけでなく、姉を利用しようとする者も山のように出てくるでしょう」

母や自分がやってきたこと、幼少期の逃げ隠れして過ごした日々の苦労がすべて水泡に帰するのだ。

天鶩はいったん話を受けとめ、しばらく無言のまま、彼方《かなた》にたなびく雲を眺めていた。

そもそも花嫁候補の札などを与えて翠を表舞台に引きずり出したのはこの男だ。当然、本人も自覚はあるだろうが。

「先の大学寮襲撃事件はおまえも加担していたのか、瑞月？　冥府の高官がひとり自害したが、ほかにも内部に手引きした者がいるのはあきらかだった」

「……はい」

内側の者は動きやすい。あの乱闘騒ぎでも、やむなく獄卒《ごくそつ》を何人も始末した。はじめはためらいもあったが、いまや殺しなど朝飯前だ。自分もまもなく死にゆくさだめにあるからだろうか。

「姉が、獄房で会った死に際の男に縋《すが》られたと言っていました。おそらく僕と見間違えたのでしょう」

彼らは異能を持つツノナシである自分を崇《あが》め、心酔していた。いつか戸籍が持てる日を夢見て。

「……翠がかなしむな」

「姉のため、結家を秘匿《ひとく》するためと思えばたやすい行為です。おそらく鵠もそうだったので」

あの師匠も、自分たちの知らないところで何人か屠《ほふ》ってきたのに違いない。姉は決して望まないだろうけれど――。

「おのれの大義のためならひとも殺《あや》めるか」

口調は穏やかでも、はっきり責められているのがわかった。略奪や殺生《せっしょう》は、いかなる事情があろうとも赦《ゆる》されない行為だ。

「あなたもお心当たりがあるのでは？」

鋭く切り返したつもりだが、無駄だった。

天鶩はふっと力の抜けた笑みを漏らし、

「おまえも翠とおなじで、なかなか肝《きも》が据わっているな」

からかうような目であしらわれた。

わかってはいたが、この程度の煽《あお》りにのる相手ではなかった。

「僕はもう、日々、捨て身の覚悟で生きていますので」

だからこそ姉を守るためならなんでもできる。たとえここで、打ち首を宣告されようともだ。

天鶩は質問を続けた。

「翠は、おまえから手紙が届かなくなったのを心配していたよ。なぜ約束したなら便りをよこさなかったんだ。翠が冥府に来なかったら、おまえはずっと姉を騙《だま》し、待たせるつもりだったのか？」

「もちろん、死ぬまえに必ずもう一度会うつもりでいました。そのときにすべてうちあけようと。……でも手紙に関しては、だんだん筆が滞《とどこお》りがちになっていきました」

「嘘の内容を書き記すのがつらかったからか？」

「たぶん、そうだと思います。姉を不安にさせてしまったのは反省しています」

再会したとき、翠は泣きそうな目をしていた。これまで、ほとんど涙を見せないひとだったのに。つらい思いをさせたのだ。そしておそらくこのいまも――。

翠の顔を思い出したとたん胸が痛み、咳までこみあげた。

「大丈夫か？」

天鴦が気づかわしげにこちらを見ている。

瑞月は咳がおさまってから、目を伏せて告げた。

「……僕は、姉のために結家を断絶させたいと考えてきました。だが姉はどうやら再興を望んでいるようです。もしもそれが姉の幸せなのだとしたら、もう、どうすればいいかわかりません」

口にしてはじめて気づいたが、これが正直な気持ちだ。翠に会って、身のふり方がわからなくなった。

天鵞はふたたび欄干《らんかん》のほうに向きなおり、しばらく黙り込んで景色を眺めていた。

こっちの処遇について考えているのだろう。

投獄も覚悟でじっと返答を待っていると、天鵞は告げた。

「望みどおり、おまえの罪過は秘匿して、このまま透千として生かしてやろう。その代わり、おまえは反体制派と獄賊、双方の情報をこちらに流してくれ」

「間者になれということですか?」

思わず訊き返してしまった。

「そうだ。ただし、殺生は極力避けるように」

「……………」

正直、要求を呑んでもらえるとは思っていなかった。

だが、こんな死罪に値《あたい》するような者を生かしておく動機はなんなのか——。

「それは姉の心を、あなたに惹きつけておくためですか?」

嫌な質問をした自覚があった。が、

「そうともいえる」

天鵞は堂々と認めた。けれど冷静なまなざしからは本音は読めない。

「姉は、あなたに惹かれているのだと思います。どの程度かは、僕にもわかりませんが」

瑞月はじっと天鵞を見つめたまま問う。

「あなたは、姉をどう思っているんですか？」

召喚に応じた一番の理由は、これが知りたいからだった。

天鴦はうっすらと笑みを浮かべた。

「好きだよ。正直でまっすぐなまなざしも、正しい心根も。ほどよく女らしい体も」

（体……？）

あたかもお手付きにしたかのような言い草である。

（わざとか）

翠を見ていればわかるが、おそらくそれはない。こちらを揺さぶり、答えをうやむやにするつもりなのだろう。この手の挑発にのってはならない。

「それだけですか？　ほかにも、姉のいいと思うところを聞かせてください」

冷ややかに問いつめると、

「もちろん廻帰の力も魅力的だ。おまえはほどこす側だからわからないかもしれないが、あの感覚は独特で……、心地よくて虜《とりこ》にさせられる。気を抜くと、持っていかれそうになるんだ。なにを持っていかれるのかはよくわからないが」

天鴦が大袖から出した右腕にふれながら、腑《ふ》に落ちないようすでつぶやく。

そういえば、太刀傷が跡形もなく治っている。翠が力を使ったらしい。

「危険だな。一度覚えたらやみつきになる。十姫はこうやって権力者を手懐けていき、毒婦とまで言われるほどになったんだろう？」

「その通りです。廻帰の力は、依存性のある麻薬のようなものなのです」

あれば頼りたくなる。結家に縋るようになる。さらにそれを悪用する者が出てくる。

たとえば、意図的に斬って治すのをくりかえせば相手を簡単に心服させられるからだ。

だから葬られた。

「姉に何度力を使われましたか？」

すでに兆候が出ているふうだ。

「まだ三度目だよ」

「それくらいなら問題はありません。ときがたてば体が忘れますし」

勘が鋭いだけだろう。

「翠は気づいてないな？」

「はい、おそらく。ですが告げるつもりはありません」

天鶩も深く頷いた。

「それがいい。知れば、気に病みそうだ」

この男《ひと》は、廻帰の力がもたらす悪循環を十分に心得ているようだった。

「ああそれと――」

彼は腕をしまって話を戻した。

「最近はにぎり飯を作ってくれる」

「にぎり飯？」

「そうだ。具は桜えびと天かすで、出汁《だし》がよくきいて美味《うま》かった。翠が自分のためにかいがいしく米を握る姿を想像したらかわいらしくて、悪くないなと思ったよ」

「昔、鵠にもおなじものを作っていました。とてもうれしそうに」

喧嘩《けんか》のあと、自分に作ってくれることもあった。

本人は気づいていないと思うが、姉は懐きたい相手ににぎり飯を作る。捻《ひね》くれた分析をするなら、心を通わせたいという願望のあらわれだ。

「鵠か」

天鶖は視線を遠くの景色にうつした。

〈馬耳東風〉でその名を出してきたくらいだから、鵠の存在は耳にしているのだろう。

鵠は自分たちを守ってくれる、強くて優しい父親のような存在だった。自分にとっては憧《あこが》れの対象だったが、姉にとっては初恋の相手だったかもしれない。よく慕っていた。

「翠は鵠に膝枕をしたか？」

いきなりの問いに面食らった。

（膝枕……？）

この問いの意図は読めない。

「……してないと思います。鵠は一応、師匠だったので……さすがにそういう行為は……」

真意をつかみかねて、しどろもどろになった。なぜ膝枕なのだろう。

「そうか。ならいいよ」

ふっとやわらかな笑みを見せてその話はきりあげた。

それから、思い出したように訥々《とつとつ》と語りだした。

「はじめはただの興味だった。天ヶ瀬の村に行ったとき、糸績みの工房で、仲間を庇《かば》ったせいで折檻《せっかん》されている女がいた。それが翠だ。優しい目をしていて惹かれたんだ。花嫁用の入庁札を渡したのは、行方知れずの弟が見つかればいいという単純な善意からだった。閻魔庁で再会できればおもしろいとは思ったが、その程度だ。数日後にはほとんど忘れていたよ」

「…………」

亡者の審判のみならず、冥府の煩雑《はんざつ》な政務にも追われる身なのだから、忘れるのも無理はないか。

「だが裁定の間に転がり込んできた彼女にはやはり興味を惹かれて、いろいろ知りたくなった。知ると、次は欲しくなるだろう？　翠は身も心もすこやかで美しい。そう思える女にひさしぶりに会って、自分のものにしたいと思ってしまったんだ」

いい、いい、思ってしまった。

妙な言いまわしに、ひっかかりをおぼえた。

「そんな、懺悔《ざんげ》のように言わねばならないのはなぜですか？　あなたは選べる立場の人なのに」

だれに遠慮する必要もない、すべて思いのままにできる冥界の王である。

その皮肉ともとれる問いを受けとめ、天翥がひたと目をあわせてきた。

「…………」

深紅の双眸に、ひやりと肝が冷えた。ささやかな悪意を読まれたか。

だが、まなざしの奥にあるのは怒りよりむしろ、寂寞《せきばく》としたあきらめの色だった。

ほっと安堵するかたわらで、瑞月は悔やみはじめていた。この問いは、おそらくしてはならなかった。

「あまり知られていないが、俺の生みの母は父上が気まぐれに遊んだ側仕えの女。つまり俺は妾腹《しょうふく》の子だ」

「…………」

初耳だった。表向きには、天翥は正妃が産んだ第三子になっている。

「本地仏が王家のだれに移るのかは、生まれた時点では明確にわからない。修行があける十六、七歳のころに、継承者しか持ちえない異能が顕現《けんげん》するか否《いな》かではじめてあきらかになる。閻魔の場合、俺のように赤い瞳を持つ者に継承される確率が高いから、その兆《きざ》しを持って生まれた赤子は、本家であればすべて正妃が産んだ子にされる決まりだ」

妾《めかけ》の子が本地仏を授かれば、諍《いさか》いの火種になりかねない。正妃の立場を守るために設けられた瑞領《ずいりよう》家（王家）のしきたりなのだという。

ちなみに赤い瞳を持って生まれたのは亡き長男と天鶩、そして傍系になるが、先代の王妹である夏葉の子・榮玄《ようげん》の三人だという。

「母上は、表向きは乳母として俺に仕えた。母上の弟が岑《じん》という工部の次官で、暇になるとよく俺と遊んでくれたんだ」

天鶩は隣接する殿舎の渡り廊下を眺めおろしながら続けた。

「図面をひいて、材料を集めてその製図のとおりに作るのがおもしろくて、夢中になって舟や亭《ちん》の模型を作った。もちろん簡単なやつだよ。生まれてはじめて岑と舟の模型を作った日から、須弥山《しゆみせん》に入るまでの六年のあいだ、暇を見つけては図面を起こし、仲間を集めて製作にふけった。王位を継がなくてもいいなら、俺は工部で働きたかったんだ」

工部は建物の営繕《えいぜん》や土木、水利事業などをつかさどる官庁である。

十州各地の古びた高楼や殿閣を積極的に補修させるのは、そっち方面に造詣《ぞうけい》があるからか。

「八つのとき俺は、母上をよろこばせたくて鳥籠を作った。母上は鳥を飼うのが好きで、庭続きのひと間には十州各地のさまざまな鳥が集められていた」

母の誕生日には、おだやかで良い夢を見せてくれる夢尾長《ゆめおなが》という珍鳥を捕まえに行き、その鳥のための鳥籠を作った。

唐木で円柱の枠を作り、夜光貝の螺鈿《らでん》で花鳥紋をあらわした底敷を敷いた。花心《かしん》には水晶を、紋様の間地には翡翠《ひすい》や蛍石《ほたるいし》の欠片《かけら》をちりばめる。

「子供の工作にしては上出来だった。……だが当日の朝、楽しみに待つ母を連れて見せに行くと、鳥籠は何者かの手によってうち壊されてしまっていた」

夢尾長は縊《くび》り殺され、鳥籠は骨組みのひとつも残らず、すがすがしいほどに大破していたという。

「まるで自分の体を壊されたかのような気持ちだったよ。……それだけじゃない。なぜか幼いころから、大切なものや気に入ったものはみな、顔の見えない悪意ある者たちの手によって奪われ、壊されてきた。母上も、女も、友と築いた関係も——。俺にとって大切なものは、やつらにとっては格好の弱点に見えるらしい」

仕方がない、と天鴦は言う。

王家には妾が産んだ子が本地仏を授かるのは格好がつかないという風潮がある。

閻魔の座は心の弱い者が譲り受けるのはありえないとされているから、幼いうちにくりかえし負の衝撃を与えて心根を挫《くじ》き、力を削いで継承争いから脱落させる算段だったのだろう。

「だからもう、他人に譲れないほどに大切なものは作らないようにしてきたんだ」

なにも持たなければ、失わずにすむ。傷ついて弱ることもない。そう言い聞かせ、やりすごしてきた。

「だが、翠のことは——」

そこまで聞いて、瑞月は身をこわばらせた。むしろ気まぐれの手慰《てなぐさ》みの相手であったほうがありがたかったのに。

「悪いが、手放せそうにない」

こちらを見据えて決然と告げられた。

俺から翠を取りあげるなと、そう命じられたようなものだった。

瑞月は、はからずも天鶩に同情したくなっていた。

(だが——)

ここでひきさがるわけにはいかない。抜き差しならない状況にあるのは自分たち双子もおなじだからだ。

「あなたは姉がご自身の弱みになると自覚している。それでも姉を手放しませんか?」

瑞月は臆することなく切り込んだ。

このままでは翠が標的になってしまう。ただでさえ、つけ狙われる立場にあるのだ。よけいな波風を立てないでもらいたい。

すると天蓊も自嘲《じちょう》ぎみの笑みをさしむけてきた。

「俺もどうにかしなければと悩んでいたところさ。ここで踏ん切りをつけて忘れるべきか、いっそ娶《めと》って、ただの女にしてすべて終わらせるか」

「…………」

終わらせる――たしかに身籠ってしまえば廻帰の力は失われ、いままさに幕をあけようとしている数々の諍いはすべてなくなるだろう。廻帰の力は子々孫々受け継がれるが、かならずしも次の子に顕現するとは限らない。ひとまず片はついて翠の身は守られるのだ。

しかし、

「姉はそれを望みますか？」

あんなにも結家の人間として生きたがっているのに。

「わからない。いますぐその気にはならないだろう。ツノナシの娘を娶るとなれば瑞領家も黙っていないだろうしな」

「そうです。なにも姉の相手はあなたでなくていい」

瑞月は無礼を承知で言いきった。相手が閻魔では、また別の諍いにも巻き込まれそうだ。

しかし天蓊は譲らなかった。

「俺が彼女を選びたいんだ」

穏やかだが、ゆるぎない笑みを浮かべて。

そのためならば権力も惜しみなく使う。そういう残酷《ざんこく》さも秘めた目をして押し切られた。

視線を空にうつして、天鷲は続けた。

「昔、鳥籠を壊されて泣いている俺に、母上は教えてくれた。割れた器《うつわ》をもとに戻したり、崩壊した殿閣を一夜にして元通りに築きなおしたり……、そういう御伽話のように不思議な霊力を持つ一族がいるのだと」

いつかそんな不思議な力を持つ人があなたのもとにあらわれて、壊れてもまた、きれいに直してくれたらいいのにね。

母はほほえんで、そう慰めてくれた。

「だから俺は、ずっと、どこかで夢見ているのかもしれない」

壊れてしまったものすべて、あの手で彼女が直して、ぜんぶ元に戻してくれるのかもしれないと――。

「………」

瑞月は返す言葉が見つからなかった。

この玉座にあっては、夢のひとつも見られないのかと。

そう責められている気がして。

「はじめの問いに戻るが――」

天鷲が続けてたたみかける。

「翠のいいところは、おまえが一番よく知っているはずだよ、瑞月」

「僕が……？」

「そうだ。たとえば俺が怪我をすれば、廻帰の力なんてなくても、翠はたぶん俺を治そうとしてくれるんだ。俺が閻魔でなかったとしても力を尽くしてくれる。おまえも姉のなかの、そういうまっすぐな優しさや思いやりを守りたいと思ったから、いま俺のところに来ているんだろう？」

どうか十姫のように、奸臣《かんしん》たちにそそのかされて、金と権力を貪《むさぼ》りつくす悪の華にならないようにと。

「…………」

自分がここに出向いた理由は、つきつめればそれなのだ。姉を守ってほしいと。

確実にそれを果たしてくれるだれかに託したかった。

「だから、おまえがいなくなったあとは、俺が必ず翠を守るよ」

天鴦はまっすぐにこちらを見て告げた。

懐の深さを思わせる、男らしく誠実なまなざし。この包みこむような優しい表情には既視感をおぼえた。憧れ、慕っていた相手もときおり見せていた――。

「約束してくださいますか？」

釣り込まれるようにたずねていた。

「ああ、約束する」

天鴦は固く頷いた。

だが、一抹《いちまつ》の不安もよぎる。

「姉の選んだ道は、それほどに険しさを伴《ともな》うのでしょうか」

閻魔の助けを乞わねばならないほどに？

「案ずるな。翠はそんな脆《もろ》い女ではない。十姫のようにはならないと本人が言ったんだ。我々はそれを信じよう」

天鴦はこちらにやってきた。そろそろ室内に戻るのだろう。多忙な相手の刻《じかん》をずいぶん奪ってしまった。

「それと瑞月」

すれ違い際、背中に手を置いて促しながら、

「おまえは、そんなに生き急ぐな。死期が迫って焦る気持ちはわかる。罪の清浄も必要だ。だが翠のためにも、まずはおまえに残された刻《じかん》を大切に生きろ」

瑞月ははっとした。

廻帰の力を悪用するような暗君だったら、今日、この場で死ぬつもりだった。死んで、姉の目を覚まさせてやろうと。

爆石はそのために袂に忍ばせたのだ。

閻魔王には絶対に勝てない。だが、冥官がひとり目の前で自害すれば事件になる。翠に、こんな愚《おろ》かな王に絆《ほだ》されてはならないという警告が伝わると信じて――。

だがその必要はなかった。自分自身でさえ惑い、こじらせていた感情を、このひとはきれいに紐解いて受け入れてくれた。

「……はい」

翠の言葉がはじめて意味をともなって理解できた。鵠に似ていると。

（たしかに似ているね、姉さん……）

いたわるように置かれた手のぬくもりが胸に沁《し》みて、じわりと目の奥が熱くなった。

4.

昼下がり、翠は冥都の街に出ていた。古桃と沙戸《さと》も一緒だ。

今朝、台盤所に届く予定だった食材の一部が届かなかった。その買い出しである。

なんでも御用商人が道中、賊に襲われたため、納品できなかったという。

朝と昼の分は急遽《きゅうきょ》、献立《こんだて》を変更してなんとか食物庫にあるものを代用したが、夕餉《ゆうげ》にはどうしても代わりのきかない物がでてきたので、こうしていくつか買い足しに来るはめになった。

しかしここでひと事件が起きた。

「次は塩麹《こうじ》と紫胡椒《こしょう》ね」

翠たちはひととおり不足の食材を買い集め、最後に王室御用達だという香辛料の店に立ち寄っていた。

「紫胡椒ってなに？」

翠がたずねると、

「紫色の胡椒だろ」と古桃。

「ふりかけたとたん、味や触感が変化するという代物よ。塩辛いものは甘辛く、硬いものはやわらかくなったりと、なにがどうでるかはわからないの。食べ倦《あぐ》んでしまったときや、いかもの食いの高官たちの舌にはぴったりでしょ」

「博打《ばくち》すぎない……？」

沙戸が手渡してくれた紫胡椒を受け取り、籠に入れようとしたそのとき。

ふと、妙な香りが漂った。

（ん……？）

甘い花の香りと、血のような鉄錆《さ》びの匂いが混ざりあった不可思議な香りだ。

商品から匂うのかと、まわりの品に鼻を利かせてみたがそうでもない。どうやら簪《かんざし》を挿《さ》したあたりから漂っているようだ。

「どうしたの、翠？」

すんすんと匂いを嗅《か》ぐ行為をくりかえしているので、となりの沙戸がけげんそうに小首を傾げた、そのとき――、

「翠、伏せろっ」

古桃が、商品を並べてあった銀の盆を投げつけた。

「なにっ？」

翠はとっさに屈んだ。

銀盆が、びしりと妙な音を立てて床に落ちた。

おそるおそる地面に落ちたものを見やると、折れた氷矢だった。銀盆がすっかりと白く凍りついている。

氷矢――刺さればたちまち全身が凍りついて凍死する危険な武器だ。扱えるのは水属性のごく一部の鬼か異能持ちだけだ。

矢は、じきにとけて水になり消え失せてしまう。

二本目が射られた。

その音を察知した翠は、

「あぶないっ」

立ちすくむ沙戸の肩を抱いてふたたび床に伏せた。

　矢は翠の背後の壁に刺さって、あとかたもなくとけた。

「狙いは……わたくし……？」

　ふり返って壁を見た沙戸が唇をわななかせる。

「いや、翠だろ」

　古桃がつっこんだ。

「なんで翠が狙われるのよ？」

「逆になんでおめーなんだよ」

「わたくしは冥府の胃袋を管理する台盤所の女官頭《がしら》・沙戸嬢ですもの。平民から見ればこの名誉ある立場と美貌に、殺したいほどの妬《ねた》みのひとつやふたつあってあたりまえでしょ」

「ねーよ」

「角度からしてわたしを狙ったんだと思う。……ツノナシだから高級店には入るなってことかな？」

　矢は二回とも、あきらかにこっちに向かってきた。嫌がらせは山のように受けてきたけれど、命まで狙われるのはめずらしい。

「さすがにそれはないわよ。閻魔王のお膝元であるこの冥都で、白昼堂々、角がないというだけでいきなり射殺すなんて」

　市井《しせい》見回りの獄卒がすっ飛んできて返り討ちにされるだけだ。

「じゃ、なんで……」

殺されなくてはならないというのだ。

三人がおそるおそる立ち上がると、

「おい、何事だ？」

「いま矢が飛んできたのを見たぞ、氷矢だったか？」

「使っちゃならねえもんだろ、そいつは」

床に落ちた矢が見当たらないので客がざわつきはじめた。店主も通報したようすだから、まもなく捕吏が駆けつけるだろう。

「ほら、なんだかわからないけれど、面倒に巻き込まれる前にさっさと帰りましょう。仕込みに間に合わなくなったら大変よ」

沙戸が購入予定の商品を急ぎで籠に入れ、帳場に持っていく。

たしかに遅れるわけにはいかない。勘定を終えた三人は早々に店を出た。

四方八方を注意深く見回しながら、賑わう街道をそろそろと歩きだす。

「わたしたち、王宮からつけられてたのかな？」

翠がつぶやくと、沙戸が言った。

「店で待ち伏せしてたのかもしれないわ。わたくしたちがあの店に来るのを事前に把握して……」

「犯人は王宮内にいるってか？」と古桃。

「もしくは官吏のだれかとつるんでいるとかね」

王宮内の事情に通ずる者がかかわっているのは間違いなさそうだ。

「今朝、御用商人の荷馬車を襲ったのもさっきのやつらかも？」

翠が街に出るよう仕向けたのだ。厳重な警備の王宮内で襲うより成功率が高いはずだ。

「翠、あんた、だれかから恨みを買った記憶は？」と沙戸。

「うーん、あるようなないような」

思えば身分の低いツノナシが、なんの後ろ盾《だて》もなく、正規の登用試験に通ったわけでもないのにすんなりと冥府入りしているのだ。何者かに妬まれたり恨まれたりしてもおかしくはない。

「わたくしたちも気をつけたほうがいいわね。とばっちりを受けるのは絶対にごめんよ。氷矢で射抜かれて凍死なんて、遺体は丸ごと好事家《こうずか》の愛玩用に売られるか、解体されて臓器をバラ売りされるかの二択でしょ。ろくな死に方じゃないわよ」

聞いてぞっとしたが、それが現実である。

「……ごめん、早く犯人が見つかるよう那霧様に相談してみる」

翠はいくらか気落ちして言った。自分のせいで、みなに迷惑をかけたくはない。

「ちょっと冗談よ、冗談。とにかくまずはあんたが自分の身を守りなさいよ、翠」

沙戸がぽんぽんと軽く背中を叩いて慰めてきた。

「そうだよ。あたしもまわり見張っててやっからさ」

「ありがとう。でも古桃たちも、ほんとに気をつけてね」

身近に命を狙う者がいるとなると落ち着かない。

（これが役に立つ日なんて来ませんように……）

翠は胸騒ぎをおぼえながら、瑞月にもらった〈盾の羽衣〉を着こんだ胸元をそっと押さえた。

第四章

五道転輪王・聚楽

1.

翠《すい》が街で襲われてから、数日が過ぎた。

事件については那霧《なきり》に相談したものの、天鶯《てんよう》にはまだ伝えていない。気がかりではあるが、変に警戒され、王宮の外を歩くのを禁じられたくないからだ。

那霧は天鶯には内緒で、獄卒《ごくそつ》をふたりばかり翠のもとに送り込んでくれた。

その日、昼餉《ひるげ》の片づけをしていると、天鶯が台盤所《だいばんどころ》にやってきた。

多忙な彼が、昼下がりにわざわざ内廷にやってくるのはめずらしいので、なにかが起きたのだとわかった。

いつものごとく庭先に呼び出されて話をうかがうと、透千《とうせん》、つまり瑞月《みづき》のことだった。

「透千という冥官《みようかん》について、閻魔庁《えんまちよう》に問い合わせがあった。どうやら瑞月が五道転輪州《ごどうてんりん》で身柄を勾留《こうりゆう》されたようだ」

天鶯はいつになく険しい表情だった。

「五道転輪州……?」

なぜそんな僻地《へきち》で瑞月が捕まるのだ。

「墨煙草《すみたばこ》の密売にかかわった疑いがあるらしい」

「墨煙草？」

以前、希子《きこ》が教えてくれたあの麻薬か。

「取引は、彼の獄府《ごくふ》での管理担当先のひとつである刀葉林《とうようりん》で行われていたと証言があった。目撃した獄卒がいたようだ」

「そんな……、なにかの間違いでは……」

言いかけて、翠はひやりとした。

そういえば、このまえ刀葉林の土に廻帰《かいき》の力を使ってみたとき、黒っぽく変色しているのがわかった。あれはもしや、墨煙草の粉だったのではないか。

希子も獄に多く出回りはじめたのだと言っていた。だとすれば、一部の獄卒たちを堕落《だらく》させているのは瑞月ということになってしまう。

「なにをやってるのよ、瑞月……」

ずっと嫌な予感がしていたのだ。瑞月にはなにか裏があると。

天鴦はあえて淡々と続けた。

「実は先日、賊《ぞく》の根城と噂《うわさ》のある〈馬耳東風《ばじとうふう》〉という店で瑞月らしき人物と会ったんだ」

「え……」

「おまえが治してくれた怪我は、そのときに負ったんだよ」

「瑞月が、天鴦様の命を狙ったの？」

「いや、俺はあの日は捕吏のふりをしていたからまったくの偶然だ。あくまで捕り方から逃れるための防御にすぎなかったと思うが」

「でも、官吏に背いたのに変わりはないです」

「まあ、そうだな」

「………」

瑞月は確実に黒である。

しかし、にわかには事実を受け入れられず、翠は強くかぶりをふった。

「きっと、尾禅《びぜん》という冥官に利用されているだけです。ぜんぶ、無理やりやらされただけなの……」

すべて命じられ、やむなく従っているだけだ。

でなければ閻魔庁にいられなくなるから。

「その可能性もあるが、いずれにせよ、もしここで尾禅が瑞月を切り捨てる選択をすれば、あいつの命はない」

「切り捨てる……?」

翠は眉をひそめた。

「ああ。たとえば尾禅が瑞月に罪をなすりつけようとして――」

『あれは我が息子ではない、自分は瑞月という賊に脅され、なりすましに協力させられただけだ』とでも証言したとすれば。

「瑞月には身分詐称《さしょう》の罪もあるから、重刑に処されるだろう」

各州で起きた問題は、基本的に州内で解決することになっているので、瑞月の処遇を決めるのは五道転輪王である。

「そんな……」

瑞月は脅されているだけだろうに――。

「でもまだ、瑞月がすぐにどうにかなるわけではないんですよね？」

「処断には数日かかるとは思うが」

以前、奪衣婆《だつえば》の希子が、天鵞と聚楽《じゅらく》は修行仲間で親しいらしいことを言っていた。

（天鵞様に頼めば、助けてもらえるかも……）

淡い期待が胸にこみあげる。

でも、だめだ。友人である以前に、王という立場がある。

それに、瑞月が尾禅に脅されてやっていたという証拠もない。もしかしたら、みずから進んで賊に加担しているのかもしれない。冥府《めいふ》の在り方に絶望していた彼を思うと、ありえないとはいいきれない。そうなれば彼は――。

暗澹《あんたん》たる気持ちを押し殺し、翠は申し出た。

「天鵞様、暇をください。わたし、瑞月に会って真相を聞いてきます」

「転輪州に行くのか?」

「はい」

一度、本人に話を聞いてみようと思う。真実をぜんぶ話してもらうのだ。収監までされれば、多少気持ちも変わっているだろう。

「俺は忙しいから一緒に行ってやれないが、いいか?」

はじめから同行してもらおうなどとは思っていない。

「かまいません。古桃《こもも》がお姉さんに会いたいと言っていたから誘うつもりです」

もともと行きたがっていたから、きっとよろこんでついてきてくれるだろう。

「あそこは治安が悪いから、古桃だけでは心配だ。ほかにひとり護衛をつけよう。牛頭鬼《ごずき》の百禄《びゃくろく》という男だ」

牛頭鬼――人間道《にんげんどう》では獄卒の代表格として知られている鬼で、兵部《へいぶ》の大将軍のひとりである。

「心強いわ。ありがとうございます」

それほどに物騒な土地なのだろうか。

「天鴦様は転輪王とは親しいのですよね?」

五道転輪王の人となりが知りたい。以前、無間地獄《むけんじごく》で出会った獄卒が、転輪王はおっかないのだと言っていた。従域の治安が悪いのも、聚楽本人が危険人物で、まわりに盾《たて》つく者がいないせいなのではないか。

「ああ」

天鶱がさりげなく目を伏せた。

「でも、喧嘩《けんか》中なんだ」

「喧嘩……？」

子供同士の諍《いさか》い程度の軽い言い方だったが、なにか途方もなく深い隔たりがあるように聞こえた。けれど決してそこに他人を踏み込ませることもなさそうな。

「昔、いろいろあってさ。俺はいつでも仲直りしたいんだけどな」

朋輩《ほうばい》を偲《しの》んで、ほろ苦い笑みを浮かべる。

「天鶱様……」

なにがあったのだろう。謝ってすむ話ではなかったのだろうけれど。

どことなくさびしそうな表情が、妙に脳裡《のうり》に焼きついた。

2.

台盤所には、急な休みで迷惑をかけるのを詫《わ》びておいた。

茶話会で食べた、金塊を模した転輪州の銘菓〈金最中《きんもなか》〉を土産《みやげ》として買ってくるよう要求されたものの、みんな快《こころよ》く送り出してくれた。

裏の大門のそばで、天鶱がつけてくれた護衛の牛頭鬼とおぼしき人物が待っていた。

赤毛の蓬髪《ほうはつ》で、虎皮裙《こひくん》に飾りけの多い肩衣を羽織った逞《たくま》しい鬼族の青年である。

「あっ」

その剽悍《ひょうかん》な顔立ちには見覚えがあった。

「あなた、無間地獄で会った獄卒の……」

以前、無間地獄に連れ去られたとき、荷馬車を運んでいたのがこの鬼だった。気のよい頼れる鬼で、右も左もわからない翠を獄府まで連れていってくれたのだ。そういえば、名前は聞いていない。

「よう、覚えててくれたか、姉ちゃん。閻魔から、転輪州に連れていくよう仰せつかった。百禄だ、よろしくな」

「知り合いなのか、翠？」

古桃は不思議そうに見上げている。

「うん」

「なんだ、このちっこいのは？」

古桃を見て首を傾《かし》げる。

「翠の護衛だいっ」

「古桃というの。一緒に台盤所で働いているのよ」

　翠はしみじみと百禄を見上げながら、

「あなたが獄卒の大将だったとはね。てっきりただの酒屋さんかと」

　だから獄府のお偉方にも顔がきいて、直々にやり取りできたのだ。

「言っとくが、あれは阿鼻《あび》城に納める特別な御用酒だからな。適当に醸《かも》したそのへんの酒とは別物だぜ。一樽《たる》あたりの相場はおまえの俸給一年分くらいだ」

「そんなに高いの？」

「なら、そこに入ってた翠もおなじくらいの価値はあったわけだな」

　古桃が冗談を言うと、

「ははは、たしかにそうかもな。おまえは福の神だった。俺様はあのあと、大手柄だったと閻魔から金一封を頂戴《ちょうだい》したぜ」

「ほえ、翠が命拾いしたからか？」と古桃。

「ああ、そうだろうな。どんだけおまえさんが大事なのかって話だよな」

「うーん……」

　どういう意味で大事なのかはいまいち謎だが。

「でもよかった。ずっとお礼を言いたいと思ってたの。あのときは助かったわ。ありがとう」

そしてまた世話にならねばならない。

「今日はよろしくおねがいします」

翠が頭を下げると、

「おう、まかせてくれ。今回も特別手当をたんまり積んでもらってるからな」

「獄卒たちの修練はいいの？」

ふだんは獄にある練兵場で、獄卒たちの調練に励んでいる。

「今日は相方の馬頭鬼《めずき》にまかせてある。……まあ、乗ってくれよ、福の神様」

百禄が手をさしのべてくれた。がさつそうに見えるが意外と紳士的である。

「ありがとう」

翠は百禄の手を借りて、古桃とともに軒車《くるま》に乗り込んだ。


五道転輪州は、閻魔庁からは最も遠い従域である。

獄路《ごくろ》を使っても一刻半ほどかかった。

獄路を抜けて州都までの道中は、草の一本も生えていない荒れ地が続いて殺伐としていた。

ただし百禄曰《いわ》く、ここは金鉱脈に恵まれ、金の採掘や精製などの鉱業開発で意外にも栄えているのだという。

途中、いくつかの小さな集落を通りすぎ、王庁のある州都に辿《たど》り着いた。

高塀に囲まれた城郭《じょうかく》のような造りで、目抜き通りは大勢のひとがあわただしく行き交っていた。冥都《めいと》と比較すれば華やかさに欠けるが、潤っているというのは事実のようだ。

ただ心なしか、ツノナシや獣人などの下層民の割合が多いように見える。

一歩路地に入れば怪しい店が立ちならび、ごろつきがうろついていそうな雰囲気だった。

五道転輪庁は州都の中央に聳《そび》えたっていた。閻魔庁に負けず劣らずの巨大な殿閣《でんかく》である。

百禄の案内で、その高殿に足を踏み入れた。

入庁許可証も持っているし、閻魔庁を通して事前に申し入れてあるので、すんなり謁見《えっけん》の間まで通された。

案内してくれたのは、五道転輪王の侍従《じじゅう》とおぼしき冥官だ。この侍従は若いが、性別不明の謎めいた風貌《ふうぼう》で、よぶんなことはいっさい喋《しゃべ》らなかった。

聚楽は正面の高座に置かれた御倚子《ごいし》でくつろいでいた。

横に見慣れない風貌の狗《いぬ》が寝そべっている。ひとが乗れそうなほどの巨大な狗だ。

銀の被毛《ひもう》で、ところどころに白と黒の房が混じっている。毛艶《げづや》はいいが、ぎょろりとした眼《まなこ》は銀色で視線は鋭い。

「ブサイクな狗だな」

古桃がつぶやいた。

「おいっ」と百禄が背中を小突いて咎《とが》める。

たしかに獅子《しし》と狼を足して二で割ったような妙な面立《おもだ》ちだった。

翠は転輪王に目をうつした。

十王会議の夜に会っているが、あの夜はほかにも大勢の王が同席していて、おまけに自分の目的を果たすのに精一杯だった。聚楽については顔が覆《おお》われていた点以外はほとんど記憶にない。

（これが最後の審判を担《にな》う第十殿の五道転輪王、聚楽……）

面を覆う布に描かれているのはキリーク。阿弥陀如来《あみだにょらい》をあらわす梵字《ぼんじ》である。

この下の素顔についての噂は山ほどある。

女かと見まごうほどの目の覚めるような美青年であったとか、痣《あざ》と爛《ただ》れで見るに堪《た》えない醜貌《しゅうぼう》であったとか。老爺《ろうや》のごとく皺《しわ》だらけだったという声もある。が、だれひとり正体を見た者はいない。

肩にはひと房の髪がおりている。天人《てんにん》族らしく髪の色素はきわめて薄い。

天鵞とおなじように頭には宝冠をのせた判官の姿だが、大鶴《づる》の織り込まれた雅《みやび》な青紫と黒の大袖《おおそで》に、房飾りや重衿《かさねえり》などで金と五色をちりばめた華やかな装いだ。

身に宿す本地仏《ほんじぶつ》は面布のとおり阿弥陀如来。その尊い印象からはおよそかけはなれた、ひと癖ありそうなたたずまいである。

「ご無沙汰《ぶさた》しております」

百禄が慇懃《いんぎん》に礼をとる。

「牛頭の百禄か。元気そうでなにより」

聚楽は肘《ひじ》掛けに頬《ほお》杖をついたまま気怠《けだる》そうに返した。

面布の向こうの顔は想像もつかないが、声質は青年風情《ふぜい》で、決して機嫌の悪そうな響きではなかった。少なくとも翠にはそう感じられた。

翠も古桃とふたりで手を合わせて礼をとった。

顔をあげると、聚楽が言った。

「夜中、天鴦から伝令使が来たぞ。僕宛てに手紙を持ってきた。読まずに捨てたけどね」

翠は耳を疑った。急ぎの知らせを無視するとは。

(なんて性格悪いの……)

不仲の天鴦からの便りだから、読まなかったのだろうか。

「で、きみの要望は？　翠」

名指しされて、どきりとした。こちらの名を把握《はあく》しているらしい。取次から聞いているだろうから当然といえば当然なのだが。

「透千という冥官がこちらの獄房に捕らわれているとうかがいました。本人に会わせてください」

聚楽は、透千が瑞月だとは知らないはずだ。

「きみは透千の恋人かなにか？」

「ゆ、友人です」

「ふうん。かわいらしい顔をしているが、芝居は下手だな」

「え」

「きみたちのことならもうわかっている。透千は瑞月というツノナシのなりすましだ。そしてきみは瑞月の双子の姉。僕は結家《むすび》についてもよく知っているから、もうなにも取り繕《つくろ》わなくていい」

翠は唖然《あぜん》としてしまった。

「どうして結家を……？」

「それは秘密だ。残念だが瑞月には会えないよ」

「えっ」

御倚子にもたれかかるように座っていた聚楽は、少し居ずまいを正して続けた。

「過去に面会人を使って脱獄する不届き者がいたので、うちは投獄中の面会は絶対の不可と決まっているのだ」

「そんな……」

翠が絶句して、謁見の間は静まり返った。

狗が、鋭い牙をのぞかせて大きなあくびをひとつした。

言葉をなくしたままでいると、聚楽が高座から降りて目の前にやってきた。

背丈は天鶱よりわずかに低いくらいだろうか。年の頃も彼とおなじくらいに見受けられるが、いかんせん、顔が見えないから雰囲気がつかみづらい。

ただし十王ならではの圧倒的な存在感はある。この男でしかありえない、侵しがたい威光みたいなもの。耳元に、貴人らしい繊細な銀細工や水晶を連ねた耳飾りがゆれるのも天鶱とおなじだ。

その聚楽がぬっと面をよせてきた。

「なにか不満?」

ゆらりと面布がゆらぐ。もちろん顔は見えない。

「ま、まだ、ろくに真相をたしかめてないのに罪人と決めつけるのは……」

緊張のあまり、声がかすれた。

ほのかに荷葉《かよう》の香りが漂う。

「審理ならとうにしたよ、僕がこの目で見て、聞いて、判断を下したのだ」

(この目で見た……?)

瑞月が犯行に及ぶ現場に居合わせたみたいな言い方だ。実際に目撃したのかもしれないけれど。

　聚楽が、ふっと鼻で笑った。

「悪いけど、僕は天鶱みたいに優しくないからね？　自分の尺できっちり裁かせてもらうから。まあ、あいつも優しそうに見えるだけで、ほんとは全然優しくなんかないんだけどな」

「…………」

　なんなのだろう、この聚楽という男は。

　翠のなかに得体の知れない感情が湧きあがった。まともに話すのはこれがはじめてだが、発言内容も危うくて、どこまで信じていいのかわからない。

（顔が見えないから……？）

　それだけではない。結家をよく知っていると言った。

（なぜ……）

　聚楽は翠からはなれ、まわりをゆっくり歩きだした。

「あきらめなよ。あの子はどのみち病で死ぬ身だ」

　死ぬ。たしかにいつかは死ぬだろう。その刻がほかの人より近いこともわかっている。

　けれど、

「そんな、いますぐに死ぬみたいにおっしゃらないでください」

まだまだ大丈夫なのだと本人が言っていたのだ。が、

「おや、翠は知らないのか。彼はじきに死ぬ。かわいそうに、獄で働いたせいで肺がぼろぼろだ。もってあとひと月といったところだな」

（ひと月……？）

「いい加減なことを言わないでください」

にわかに不安になった。たしかに咳《せき》をたくさんしていたし、顔色もすぐれなかった。

「ああ、ごめんね、これは本人から口止めされているのだった」

うっかり口を滑らせたと見せかけて、はじめから明かす気満々だったのがありありとわかる。

おそらく聚楽は嗤《わら》っている。冷酷《れいこく》さの孕《はら》んだ声色《こわね》でわかる。

「なんだこいつ。ほんとに転輪王なのか？」

ちょうど近くに来た聚楽を見て古桃が気色《けしき》ばむと、

「もちろん」

猫耳の頭を軽くひと撫《な》でしてから、にこやかに続けた。

「僕はちゃんと彼とよく話した。ものわかりのいい賢い子だったよ。天奮もああいう優秀な子を登用したくて受験資格を見直したのに、早々に奸臣《かんしん》どもの毒牙にかかってしまって残念がっているだろう。差別の撤廃を宣言するよりも先に、反体制派粛清《しゅくせい》の御触れを出す

べきだったかもね。僕や五官《ごかん》王なら迷わずそうしたのに、天鶩はぬるいからなあ」

嘲《あざけ》るようにも、庇《かば》っているようにも聞こえる。そのどちらもか。

「そんな強引に仕切ったって、冥官たちはついてきません。敵愾《てきがい》心を煽《あお》るだけです。差別に関しては、少しずつ刻《じかん》をかけてみんなの意識を変えていくしかないのだと天鶩様がおっしゃってました」

「まあそれも正論だ」

聚楽は素直に認めた。

「…………」

ほんとうはなにもかもわかっている。瑞月と話したのも事実なのだろう。なのになぜこんな、ひとをくったような態度なのだろう——。

「瑞月には、どうしても会わせてもらえませんか?」

翠は食い下がった。そのためにここまで来たのだ。

「必死だね。まさか、きみも裏で獄賊《ごくぞく》と手を組んでるってことはないよな?」

どこかおもしろがっているのがわかる。まるでそうあるのを望んでいるみたいに。

「ありません。わたしは弟を助けたいんです、ただそれだけです」

翠がじっと面布に描かれた梵字を目で追っていると、聚楽は足を止め、こちらを見た。

「きみは瑞月とおなじで、廻帰の力を持ってるんだろう、翠?」

真っ向から問われる。

「……はい」

「じゃあ、僕のことも治してよ」

「え……？」

思わぬ言葉に面食らったが、これが瑞月に会わせる交換条件なのかもしれない。

「どこか悪いんですか？」

見た限りではわからなくて問う。

「悪いよ。いろいろとね」

面布の向こうで、ひっそりと笑ったような気配があった。

だが、具体的に語ろうとはしない。どのみち、ふれてみればわかることだ。

「それなら……」

翠は手をさしのべ、聚楽のほうに踏み込みかけたが、

「おい、いいのか？　主上から他人にむやみに力を使わせるなと言われてるんだ」

百禄に咎められる。

「そうなの？」

「ああ。対物ならいいが、人に使うのは控えさせろと」

「人には……？」

意図がつかめず、翠は眉をひそめる。なぜ人に使ってはならないのだろう。

するとと聚楽が笑った。

「なら、だめじゃないか。……天鶩はずるいなあ、翠の力を独り占めして」

独り占めではないと思うが。

「どうしたら弟に会わせてもらえますか？」

完全に禁じられているわけでもないのだから、瑞月のために力を使おうかとまじめに考えていると、
聚楽が言った。

「僕を納得させる無実の証拠を揃《そろ》えられたら考えてやってもいいよ」

「ほんとうですか？」

翠は目をみひらいた。

聚楽は頷《うなず》き、三本の指を立てて告げた。

「三日待ってやろう。三日後のこの刻《じかん》に、瑞月を連れてここで話を聞いてあげるから、それまでに証拠を用意しろ」

「三日……」

たったそれだけで証拠なんて揃えられるのだろうか。

（いいえ、必ず揃えるのよ）

翠は自身に言い聞かせた。

「わかりました。三日後、またここに参ります」

絶対に無実だと証明して、瑞月を救ってみせる。

「気をつけてね。うちは空気も汚いし、やばいやつがごろごろいるから。無理すると、無間地獄のときみたいに、また氷飴《あめ》を飲むはめになるからね？」

翠ははっと息を呑《の》んだ。

「どうして氷飴のこと……」

以前、無間地獄で高熱を出したとき、だれかが熱冷ましの氷飴を口移しで与えて救ってくれた。発熱したのはともかく、氷飴の件はだれにも話していない。飲ませてくれた本人しか知りえないはずだ。

（なぜそれを聚楽様が……？）

てっきり天鶱が与えてくれたのだと思い込んでいたのだが――。

以前、百禄が転輪王はよく無間地獄に出没するのだと言っていた。偶然に見かけたのだろうか。あるいは天鶱が彼に話したか。

「さあね。今度、ふたりきりになったときに教えてあげるよ」

聚楽はくすりと笑った。

（ふたりきりって……）

「なんの話だ？」

百禄がけげんそうにこちらを見てくる。

翠も頭が混乱してきた。なんでも知りつくしているし、意味深な発言が多くてつかみどころもない。

(でも、なんだかんだで猶予《ゆうよ》を与えてくれたわ)

そうだ。血も涙もない冷酷無比の王というわけではなさそうだ。そこは感謝しなくては。

恐れ知らずの古桃が、聚楽の顔を下からそっとのぞきこもうと身を屈めている。

「きみは獣人か。翠の護衛かなにか？」

気づいた聚楽が問う。

「そうです」

「そんなに僕の顔が見たい？」

「うん」

「僕の嫁さんになるかい？」

「いやだ」

「ならば見せてはやれないな」

聚楽は笑いながら身をひるがえし、高座に戻っていった。

妻になる女しかそのご尊顔は拝めないということか。

うだ。

（べつにそんなのはどうでもいいけど）

気まぐれそうな王だから油断はできないものの、条件さえととのえば瑞月は救い出せそうだ。

期待に胸をふくらませつつ、ひとまず翠は頭を下げて御前から辞した。

「天下の十王があんな舐《な》め腐った態度でいいのか？」

庁舎を出ると、古桃が呑気《のんき》に毒づいた。

「おめえの態度も相当なもんだったがな。俺は、いつその細い首が刎《は》ねられるのかとはらはらしたぜ」

「天奮様もよくわからない人だけど、聚楽様はもっとわからないわ。こっちをやたら知っているのも怖いし」

翠も軒車《くるま》に向かって歩きながらつぶやく。実は天奮と聚楽はつうつうの仲なのでは――。

「転輪王は三途《さんず》の川の希子お嬢と仲がいいし、お忍び歩きが趣味らしいから、裏の裏まで知りつくしてんだろう」

「お忍び歩きが趣味？」

「ああ。あの方は再審担当だから、わりと刻《じかん》に余裕があるって話だ」

亡者は四十九日かけて、七日ごとに七回の裁判を受けたのちに来世が決まる。平等王《びょうどう》（百か日）、都市王《とし》（一周忌）、五道転輪王（三回忌）の三殿を回らねばならないのは、それまでに判決がおりなかった一部の亡者だけだ。

「だから無間地獄なんかにも頻繁《ひんぱん》に顔を出せるのね」

それにしても氷飴の件まで知っているのは妙だが――。

「で、どうやって弟の無実を証明するんだ？」

「獄舎に潜入するしかないわ。隙《すき》を見つけて瑞月と話して、なにか無実を証明できそうな情報をつかんでくるの」

「おっと、そいつはまずいぜ。バレたら脱獄の手引きだと言いがかりをつけられて処罰を受けるに決まってる。さすがに転輪王を敵に回すのはごめんだ」

獄卒の頂点に立つほどの男でも、聚楽を徹底的に恐れている。それほどに本地仏を宿す十王たちの力は強大なのか。

「わたしがひとりで行くから大丈夫よ。百禄は聞かなかったことにして」

「護衛を仰せつかった以上、そういうわけにはいかねえよ」

「あたしが行く。猫にでも化けてさ。ならいいだろ、百禄？」

「古桃……」

「ああ、猫ならバレなくていいかもな。虫になるのは無理なのか？　蜚蠊《ごきぶり》くらいなら見つからんだろう」

「それはさすがに無理だ。あたしの体とは大きさが違いすぎて霊力がもたねーよ」

大きさが実体と乖離《かいり》すればするほど消耗《しょうもう》するのだという。

「猫でも大変じゃない？」

「猫は慣れてるからいいよ。ちょっとのあいだなら鳥もいける」

「でも、桃は瑞月の顔を知らないじゃない」

「翠に似てんだろ？　それらしいのを捜して声をかけてみるよ」

瓜ふたつとは言えないが、他人が見ればわかるだろうか。

「待って、これを見せればなにか反応があるはず」

翠は懐《ふところ》から折り鶴を取り出してみせた。

幼いころ、外に出歩くのが危険なときはよく瑞月と折り紙で遊んだ。翠がまともに折れるのはこの鶴くらいだったから、見れば姉を思い出してくれるだろう。瑞月を説得するのに使えるかもしれないと考えて用意してきたのだ。

「おう、雑すぎて俺が折ったのかと思ったわ」

「だからこそ、わたしだってわかってもらえると思う」

実は手先はあまり器用なほうではない。

「わかった。こいつを見せて話しかけてみる」

古桃は乗り気だが、

「でも、ほんとに大丈夫かな……？」

古桃に無理をさせてしまうのはいやだ。

「大丈夫だよ。いざとなったら小鳥にでもなって逃げてくら」

「油断するなよ。ここの看守はおそらく横暴だからな」

罪人も古参が多いので、取り締まる側の態度も厳しくなっているはずだという。

「平気、平気、まかせとけって」

古桃は気丈に胸を叩いてみせる。

古桃はすばしこいし、本人の言うとおり、小さな生き物に化ければ逃げ道も確保できるだろうか。

「絶対見つからないよう気をつけてね、桃」

「うん」

古桃は黒猫に変じながら頷いた。

（無事に帰ってこられますように……）

艶《つや》やかな毛並みの黒猫の姿になった古桃に、翠は思わず手を合わせて祈った。

3.

見捨てるような発言に聞こえたが、百禄は獄房のそとで待機して古桃の帰りを待ってくれた。なにかあった場合には、どうにか力を貸すつもりでいたのだろう。

けれど結局、古桃は、潜入後、半刻もしないうちに無傷で無事に帰ってきた。

瑞月はたしかに獄房の一角に収監されていた。

二十ある独房のうち、八割が埋まっていた。さすが治安の悪い土地だけある。

年格好から、瑞月らしき人物はすぐに見当がついた。鉄格子の向こうに猫がいるのに気づいた彼は、もの言いたげな顔で見つめてきたという。

「でも瑞月は片目を怪我しててさ、布で覆ってたよ。左だったな」

古桃が手で左目を隠してみせた。

「なぜ？　捕まったときに抵抗したせいかな」

このまえ会ったときはなんでもなかったのに。

獄房でひどい拷問《ごうもん》でも受けたのではないかと心配になった。

「わからない。それに黒縄《こくじょう》で手足を縛られてた。これはほかのやつらも全員おなじだ」

「霊力を封じるためだな。口も封じられてただろ？」と百禄。

「そうなんだ。黒い布を嚙《か》まされてさ。だからまったく喋れなかったんだよ」

黒縄は、黒縄地獄で獄卒が亡者に使っているのとモノはおなじだ。ただの縄なら廻帰の力を使って自由になれるが、黒縄では通じない。

「おまけに格子が狭くて中に入れなかったんだ」

「おいおい、おまえさん、それで肝心の用は足せたのか？」

「足せたぞ。看守が交代でいなくなった隙に、人型に戻って話しかけたんだ。もちろん折り鶴も見せたよ」

「どうだった？」

「それが、すぐに別の看守が戻ってきちまってよう」

たまたま交代の刻《じかん》だったのだ。

「結局、なにも話せなかったの……？」

「ううん、無実だって証拠を集めたいって言ったら、なんとか『さてつ』『うずむら』とだけ喋ってくれた」

布を嚙んだ状態だからはっきりとは聞きとれなかったが、おそらくそう言ったという。

「『さてつ』と『うずむら』？」

翠は首を捻《ひね》った。

「『うずむら』っていうと、烏頭《うず》村のことか？」

百禄がつぶやく。

「あっ、古桃のお姉さんが住んでいる村がそんな名前じゃなかった？」

暇をもらえたら、ふたりで訪ねていくつもりだったのだ。

「うん。あたしもそう思ったんだ。行ってみようよ」

「烏頭村は下層民や与太者《よたもの》が集まって暮らす貧しい村だぜ。なんでまた、おまえの姉ちゃんはそんなとこ住んでんだ？」

「姉ちゃん、使用人とかけおちしたんだ。で、ふたりは五官州の業江《ごうこう》に身投げして死んだって話だったけど、どうもその村でひそかに暮らしてるらしくて」

「ほお……。業江の下流にこの転輪州がひっかかってるから、流れ着いたのかもな。まああそこはそんなワケありしかいねえよ」

「『さてつ』はどういう意味なんだろ」

「砂鉄か……？」

「なんだそりゃ」と古桃。

「あー、土の中に含まれる鉄の粉みてえなもんかな」

砂状の鉄ということか。翠には想像もつかない。

「それが村にあるってか？」

意味がわからず、古桃が首を捻る。

「とりあえず烏頭村に行ってみましょう」

翠は、百禄に案内をまかせた。瑞月が口にしたくらいなのだから、なにか有力な情報が得られるはずだ。


烏頭村には州都から半刻ほどで着いた。

百禄が言ったとおりうらぶれて荒廃していた。いまにも壊れそうなあばら屋がところどころに集まっているだけのわびしい眺めが続く。

翠たちが暮らしていた天ケ瀬《あまがせ》村も貧しかったが、自然の景色は美しいし、田畑に作物があるぶんここよりずっと豊かだった。

「土地が痩《や》せすぎて、まともに耕《たがや》すことができないのね……」

村人の家を何件かたずねてまわり、彩《あや》を捜した。

八人目の老婆の話から、なんとか居場所をつきとめられた。

教えてもらった家に行ってみると、ちょうどひとりの女が水桶を片手に外に出てきたところだった。翠と似たような年格好で、黒目の大きな、愛嬌《あいきょう》のある顔立ちだった。胴回りがやけにふっくらしているように見えた。

「彩姉……？」

古桃が眉をひそめた。最後に会ったときとは印象が異なっているようだ。

「似てるけど、角《ツノ》がない」

戸惑い気味につぶやく。

たしかに女の頭には角はない。折られてしまったのだろうか？

鬼族は角を折られると霊力を失うという。だから角を折られ、戸籍を奪われた罪人などは、翠たち人間とおなじでツノナシと呼ばれて疎《うと》まれている。

「古桃？」

こちらに気づいた女が目をぱちくりとさせた。

「彩姉……」

「古桃なの……？」

「うんっ」

古桃はやはり姉だと実感したらしく、そのまま走って飛びついた。

「生きてたんだね、彩姉……」

彩は破顔し、古桃を思いきり抱きしめた。

「そうよ。生きてた。黙って家を出たりしてごめんね。心配かけたよね」

「いいよう、生きててくれたなら」

古桃は彩の胸に顔をうずめ、しばらく互いの存在をたしかめあうように抱きあっていた。

彩は古桃の耳を撫でながら、

「古桃、大きくなったね。元気いっぱいで。いきなりどうしたの。びっくりしたわよ。わたしに会いに来てくれたの？」

「うん。番頭に彩姉のこと聞いて。あたし、いま王宮で働いてるんだよ。あのお姉ちゃんと一緒に」

古桃が翠を指さした。

「すごいね。えらいじゃない」

彩は翠を見てほほえみ、頭を下げた。

「中へどうぞ。たいしたおもてなしはできないですけど」

家のなかへ案内しようとしたが、古桃がかぶりをふった。

「いいんだ。あたしたち、転輪王に用事があってさ」

「転輪王様に？　なにかあったの？」

「うん、ちょっと……」

「わたしたちね、あの方のおかげで命拾いしたのよ」

「あの方って、聚楽様……？」

翠はぎょっとした。

「ええ」

彩は基史《もとし》と家を出たあと、各地を転々としたが、ほどなく所持金が尽きてしまった。氏《うじ》を失い、世間に顔向けもできない我々にしあわせになる権利はないのだと世を儚《はかな》んで、悪臭に湧きかえる業江に身投げしたという。

ところがふたりとも、気づくと陸にあげられていた。業江の下流域、五官州から転輪州にさしかかったあたりの河岸だった。

そこに、獅子のような大きな狗を連れた覆面の貴人がふらりとあらわれて言ったそうだ。

『飼い狗の餌《えさ》にしようと拾ってやったが、まずくて喰《く》ってくれなかった』

『もう一度江《かわ》に捨ててもいいが、これもなにかの縁。もし生きなおす気があるなら生きよ』と。

貴人は聚楽と名乗った。

『おまえたちは徳を積み足らないために死にきれなかったのだ』と説かれた彩姉たちは、自分たちの行動を悔いあらため、もう一度、生きなおす道を選んだ。

聚楽とは、この州を治める王だった。

「ただし聚楽様は、安易に自死を図った罰だとおっしゃって、飼い狗にわたしたちの角を喰わせたの」

つまり、角を折られたということだ。

その後、この村に流れついてあたらしい生活をはじめた。

彩姉の実家に知らせがいったのは、呉服屋の出入り業者のひとりが偶然に州都でふたりを見かけ、居場所をつきとめたからだった。

「いまは角はないし霊力も失って、昔の贅沢《ぜいたく》な暮らしに比べたらひどいものだけど、基史とふたりでとてもしあわせなの。あのまま死んでしまわなくてよかったなって」

彩姉はふくらみはじめたお腹《なか》に手をあててほほえんだ。冬には子が生まれるのだという。

「あんたらもその子も、転輪王のご慈悲で生きてられるわけだな」

百禄が目を細めてほほえむ。

「はい、まったくそのとおりで、聚楽様には心から感謝しています。業江に身投げするひとは多くて、ときどきあの方が気まぐれに助けているのだと、あとからこの村の衆に聞きました」

「あいつ、いい王様なのかな?」

古桃が意外そうにつぶやく。

翠も思わぬ美談に耳を疑いたくなったが、謁見の間でも、身分の低い自分たちを冷遇するでもなく、こうして猶予を与えてくれている。

（意外とまともな人かも……）

たとえ座を譲り受けた身でも、道理に反する思考を持っていればすぐに弾かれ、失脚する不信任のしきたりがある。まがりなりにも十王の座について、日々、亡者を相手に厳正に審判を下しているのだ。心根は正しく、慈悲深い御仁なのだろう。

彩姉は明るく凪《な》いだ表情で村の景色を眺めながら、

「ここはツノナシや前科者や、わたしたちよりもずっと悲惨《ひさん》な境遇の人もいて、はたから見たら憐《あわ》れな村なんだけど、不思議と居心地がいいの。最近はうちの人も含めて、みんな砂鉄をとって暮らしてるわ」

「砂鉄ですか？」

翠たちは聞きとがめた。

「そう。砂の中に埋もれている鉄の粉よ。高く売れるみたいで、販路を確保してくれる冥官がいるのよ」

「その冥官の名を教えていただけますか？」

瑞月と関係がありそうだ。ひょっとしたら本人かもしれない。

「ええと、たしか透千様といったかしら。まだ若くて、整った顔立ちの方よ」

翠は古桃と顔をみあわせた。

「透千……！」

やはりそうなのだ。瑞月が砂鉄をどこかに融通している。

翠はふと、刀葉林で見た土を思い出した。赤土に混じった黒い物質。

（あれはもしかして……）

墨煙草の粉ではなく砂鉄だったのではないか。

鉄分は刀葉樹の肥《こ》やしとなるのだと早鶴《さづる》が言っていた。もしや瑞月は、ここの砂鉄を刀葉林に運んだのでは――?

「わたし、もう一度、刀葉林へ行ってたしかめてくる」

あの黒い土の成分がなんだったのか。

もし砂鉄で、瑞月がこの村からそれを運んでいるのを証明できれば、ひとまず墨煙草の件では疑いが晴れて、釈放してもらえるかもしれない。

瑞月もきっとそれを伝えたくて、この村の名を口にしたのだ。

「ありがとうございます」

翠は彩姉に礼を言って、早々に村をあとにした。

獄に繋《つな》がる獄路《みち》が多い転輪州から衆合《しゅうごう》地獄までは、ほんの半刻足らずで辿り着ける。

4.

「なぜまたそんなことに……?」

瑞月(透千)の身柄の拘束を知った早鶴は蒼白《そうはく》になった。

刀葉林では、樹々の花がようやく咲きほころんでいた。

刃を思わせる鋭い花弁は美しいが、亡者が登っている刀葉樹の花にはあいかわらず血糊《のり》がどっぷりついていて毒々しい。

翠はそのありさまを尻目に、

「透千に、墨煙草という麻薬を売買している疑いがかけられたんです」

「麻薬を？」

翠は、透千が実は自分の弟の瑞月であること。

彼が尾禅という冥官の指示で獄賊とかかわっているらしいこと。

瑞月の無罪を証明する材料を探してここまで来たことなどをひそかにうちあけた。

「ここしばらく顔を出さないから、おかしいと思っていたのよ」

早鶴はひどく動揺した。落ち着いた印象の彼女にはめずらしいほどのうろたえようで、ひょっとしたら早鶴もグルなのではないかと疑いたくなるほどだった。

翠はもう一度、木の端切れで土を掘って手にしてみた。

赤土の中には、あいかわらず細かな黒い粒子が混ざっている。

「こちらをご覧ください」

瑞月が捕まったと聞いた当初は、この黒ずみが墨煙草だと疑ったが、実は砂鉄で、毒どころか、むしろ養分となって刀葉樹の生気を蘇《よみがえ》らせているのではないか――翠が自分なりの憶測をそう伝えると、

「そのとおりよ」

　思いがけず、早鶴は認めた。

「透千はたしかに烏頭村からここに砂鉄を運んでいる。わりと危険なやり方だけど、実はわたくしのためなの」

　翠は古桃と目を丸くした。

「どういうことでしょうか……？」

「ここの水源は、この近くにある八沸湖《やふつこ》という酸の湖。このまえ、わたくしが天鶱様の見回りに同行したところね。乾季の水やりの時期には、毎日、その湖水を中和してから撒かなければならないのだけれど、今年の春、うちの女獄吏《ごくり》たちがそれを怠《おこた》って、汲《く》んだものをそのまま撒いてしまったの」

「それで葉が枯れた……？」

「ええ。蕾《つぼみ》もまともにつかなかったわ。……でもわたくしは自分たちの落ち度を本庁に悟られたくはなかったから、ずっと黙っていたの」

　けれど葉は日に日に萎《しお》れて、亡者が登りやすくなるわ、肥《こ》やしとなる血は不足するわの悪循環で、どうにか蘇生《そせい》しないものかと天に祈ってばかりいたという。

「そんなある日、ここの担当官だった透千が『鉄分を与えればいい』と教えてくれたの。転輪州に砂鉄床があるから、そこからこっそり運んでやるからと。もちろん有償でね」

お金はすべて村人や運搬業者などに支払われているという。

「転輪州の怪しい店に彼がいたのは、きっと荷馬車を手配してもらっていたからね」

獄への搬入物は基本的に各獄府で検査を受けねばならない。正規のやり方では閻魔庁に用途をたずねられ、事態がばれかねないので、小麦の下のほうに砂鉄を隠すという、少々、危険なやり方で運ばせていたという。

希子が入手した噂は、そのあたりの行動から湧いたのだろう。

「そうだったんだ。よかった……」

翠はほっとした。すべて早鶴の、ひいては刀葉林のためだったのだ。

「透千は捕らえられても、ずっと刀葉林のことを黙っていてくれたのね」

「はい」

翠たちが訊《き》きださなければ、今も黙秘したままだっただろう。

「彼は、赴任してはじめてここに来たときからずっと優しかった。刀葉樹の世話も、獄吏の仕事でもないのによく手伝ってくれて」

翠はふと気づいた。

(早鶴さんが片思いしている身分違いの男とは、瑞月……？)

さきほどのあわてようからしても、可能性が高い。

「――でも、まさかつけ角だなんて気づかなかったわ。てっきり鬼族のご令息なのだと

「……。たしかに、あなたに面差《おもざ》しが似ているわね、翠」

角《ツノ》のない瑞月を翠にかさねたらしい早鶴の顔が、少しほころんだ。

「そうですか……?」

翠はぎこちなくはにかんだ。彼女の好意をうれしく思う一方で、瑞月が素性を偽《いつわ》って早鶴を騙《だま》していたのが心苦しい。

「転輪王の御前で証言していただけますか?」

瑞月は、麻薬の密売になどかかわっていないのだと。

早鶴は固く頷いた。

「もちろんよ。ほんとうはすぐにでも本庁に報告すべきだったのだけど、始末書を書いて、ずっと記録が残ってしまうと思うとなかなか動き出せなくて……」

枯らしたのが部下でも、責任は頭領である早鶴がとらねばならない。

「わたくしのせいで、透千には迷惑をかけたわ。あなたにも心配をかけてごめんなさい、翠」

深く頭をさげて、早鶴は詫びた。それから、

「透千からね、いつか砂鉄を利用することを閻魔庁に申請してほしいと言われていたの。冥府公認にすれば堂々と取引できるようになるから。彼はきっと、烏頭村のひとたちを助けたかったのでしょうね」

淡くほほえんでみせる。

そうだ。そうすれば砂鉄の採掘によって村人の生活が潤うからだ。

「瑞月……」

自分のよく知っている弟に会えた気がして、翠の胸にもあたたかなものが満ちた。

5.

翌日、翠は冥都の閻魔庁にいた。

一日でも早く瑞月を助け出したかったが、早鶴の都合で、転輪州に行くのは明日に決まったため、いったん王宮に戻ったのだった。

朝、天鷲から進捗《しんちょく》を聞かせるようにと伝達があったので、翠は昼下がりに彼の執務室に向かった。

ひととおり昨日の経緯を説明し、明日、もう一度転輪王庁に出向くことを告げると、天鷲はしばらく黙りこんだ。情報を整理しているようだった。

翠が、尾のひらひらした魚たちが優雅に水槽のなかを泳ぐのを眺めて待っていると、

「俺も行くよ」

さっぱりとした表情で彼が言った。

「いいんですか?」

翠は目を丸くした。多忙だから同行は無理だと言っていたのに。

「なんとか刻《じかん》がとれそうなんだ」

天鴦は席を立ち、外の回廊に面してならんだ硝子《ガラス》戸のほうに向かう。

「転輪州は思ったほど危険な場所ではありませんでしたけど」

翠も天鴦のとなりにならびながら、外を眺めた。

閻魔庁の最上階から景色を見るのははじめてだった。硝子越しとはいえ、高みからの壮観には圧倒される。

「そういう道を百禄が選んでくれていただけだ。あいつ自体が魔除けみたいなところがあるしな」

「なるほど……」

だれも獄卒の大将に盾《たて》つこうとは思わない。いまさらながらに百禄に感謝した。

「俺が気がかりなのは聚楽との交渉だ。翠も話してわかったと思うが、あいつはなかなか面倒くさい性格をしているから」

天鴦は笑いもせずに言った。

「はい」

たしかに癖のありそうな人物だという印象だ。

天鴦は、不測の事態がおとずれたらひと肌脱いでくれるつもりなのだろうか。はじめから同行する気があったような印象も少なからず受けた。

「でも、いいんですか？　聚楽様とは喧嘩中だって……」

不仲な相手のもとにわざわざ出向いてもらうのは気が引ける。

「そこは俺と聚楽だけの問題だからいいよ。それより、やっと見つけ出した弟だ、無事に連れて帰ろう」

天鴦の凪いだ表情を見て、胸にぽうと明かりがともったような心地になった。

弟探しには、はじめからずっと真摯《しんし》に向きあってくれた。天鴦の協力があったからこそ、ここまでこられたのだ。

「ありがとうございます」

翠がほほえむと、天鴦も顔をほころばせた。

それから、ふと気になっていたことをたずねた。

「聚楽様が覆面しているのはなぜなんですか？」

両極端の噂しかないので、どっちを信じていいのやら。天鴦なら知っているだろうと思い、訊いてみた。

「興味あるか？」

「……はい、少し」

「まあ、ふつうは気になるよな」

天鴦は軽く笑った。

「もしかしてものすごい醜《みにく》いお顔とか……？」

治したいのはそこだったのではと、つい考えてしまった。

「いや、むしろ美形だ。女装ができるくらいに整ってるよ。本体はね」

「本体？」

体が別にあるみたいな言い方だ。

「須弥山《しゅみせん》から帰還してから、業風《ごうふう》にふれるたびに顔や体の一部が朽ちて壊死《えし》するようになったんだ。もちろん体調も崩れる。きちんと休養すれば元通りになるんだけどな」

「…………」

思わぬ話にしんと胸が冷えた。そんな体で裁定に臨んでいるのか。

「あの州はとくに風が強く吹いていますね」

強風だと症状が悪化してしまう。

「そうなんだ。だから本体はなるべく風のない場所に安置して、気まぐれにだれかに憑依《ひょうい》して暮らしているらしい」

「憑依……？」

「別の体に乗り移る異能だ。寝入ったりして意識のない者や、死後まもない体にならば簡単に乗り移れるそうだ。日々、顔が違うとまわりの者が戸惑うだろう？　だから、ああやって顔を覆っているというわけさ」

　十王会議のときもたまに別人の体で参加しているときがあるという。

「では、わたしが会ったのも、ご本体ではなかったかも？」

「見ていないからなんとも言えないが。束ねた髪が見えていれば高確率で聚楽本人かな」

　ひと房の髪は見た。

「なぜそんな体に……？」

「俺とおなじだ。それが彼の十王としての苦果《くか》なんだ」

　翠ははっとした。

「そうなの……？」

「転輪王のもとで裁かれる亡者は、第七殿目まででは判決がおりなかった複雑で面倒な因果の者ばかりだ。審判の数は俺たちに比べれば格段に少ないから閑職《かんしょく》などと揶揄《やゆ》する者もいるが、実際は最も骨の折れる審議を強《し》いられる。加えて、あいつが宿している本地仏は仏の中では最高位の阿弥陀如来だ。それゆえに肉体に相当な負荷がかかる。適性みたいなものを加味すれば、俺よりも深い苦果を背負っているといえるのかもしれない」

　仏にも位があって、上から如来、菩薩《ぼさつ》、明王《みょうおう》、天部《てんぶ》と続く。悟りを開いているとされる如来は霊力も強大なのだという。

「適性とかあるの？」

むしろ合致しているからこそ授かれたのではないのか。

「そのへんはいろいろとのっぴきならない事情があってさ。……天ヶ瀬で会ったとき、俺が病を治してやりたいと言っていた相手は、実は聚楽なんだ」

翠は目を丸くした。

「そうだったの……？」

あの日、たしかに友のために薬を探しに来たと言っていた。てっきり天蒼が自身の苦しみを隠すために使った方便だと思っていたのに。

天蒼は無言のまま頷いた。まなざしにはいくらかの翳《かげ》りが見えた。

「わたしの力で治してあげることはできないのかな……」

翠は自分の手のひらを見つめた。そもそも鷺《さぎ》豆茶を飲ませて治してあげるはずだった。

「無駄だよ。一時的な効果はあると思うが、また業風にやられてふりだしに戻る。俺とおなじで、次の代に座を渡すまでそのくりかえしだ」

根本治療はありえないという。

「天蒼様はいつも遠慮するけど、少しのあいだだけでも楽になれるならそれでいいじゃない。毎日たくさん働いて疲れてるんだから」

「おまえが消耗《しょうもう》すると思うと、進んで受ける気にはならないよ。それに――」

天鴦はなにか言いかけたが、

「なに？」

「……いや、なんでもない。とにかく廻帰の力はむやみに使うな。対物ならいいが、人に使うのはだめだ」

天鴦は外の景色を見つめたまま断じる。

「それ、百禄から聞いてます。どうしてですか？」

「おまえのためにならない。とくに男」

「男……？」

男に使ってはならないと？　よけいにわからない。

「わたしは平気です。最近は王宮のおいしいご飯をたくさん食べてるから。……天鴦様に使うのもだめなの？」

「ああ。俺にもだ。それより口づけのひとつでもしてもらったほうがよっぽど癒《いや》される」

「えっ」

さらっと言われたが、目が合うと、とたんに頬が熱くなってきた。

「冗談はやめてください」

このまえも寝所で迫られた。

言葉のわりに涼しい目をしているから、今日もからかわれているだけなのだと流しかけ

たが、

「あ」

　翠はふと思い出した。

「そういえば、訊きたいことがあるの」

「なんだ?」

「以前、わたしが無間地獄に連れ去られたとき──」

　少々緊張しつつも、いい機会だと思ってたずねてみた。

「熱でうなされていたわたしに、だれかが氷飴を与えてくれたのだけど、あれは天翥様だったの?」

　口移しだったので気恥ずかしく思いながら問うと、

「なんの話だ?」

　いたって冷静に返され、翠はぎょっとした。

「天翥様じゃなかったの?」

　あの夜、目を覚ましたら冥府に戻る軒車《くるま》の中で、天翥が自分を抱きかかえてくれていたから、氷飴もてっきり天翥が与えて助けてくれたのだと思い込んでいた。

(だとしたら、聚楽──?)

　まさかそんな。見ず知らずのツノナシの娘など助けるだろうか。しかもわざわざ口移しで？

さすがにそれは考えにくい。

（そういえば、瑞月は聚楽様と話したことがあるみたいだった……）

聚楽も、自分たち双子や結家についてよく知っているとか言っていた。それなら、翠を知っていて助けたのだろうか。

いずれにしても相手が聚楽だとしたら妙な心地だ。当時の記憶はもうおぼろげで、まともに思い出せないのだが――。

そのとき、執務室に向かって一羽の鳥が飛んできて、窓硝子の向こうでばたばたと暴れた。

「鳥？」

脚《あし》が三本の八咫烏《やたがらす》だ。派手に硝子をつつくので何事かと思っていると、

「伝令か。希子からだな」

気づいた天鷲が窓をあけた。

希子が急ぎの知らせを飛ばしてきたようだ。

天鷲は脚についていた書簡を取りはずし、目を通していたが、その内容についてまでは教えてくれなかった。

6.

翌日、翠はふたたび冥都から五道転輪州に向かった。

聚楽のもとを訪れてからは二日が過ぎていた。

まだ一日の猶予はあるものの、一刻も早く瑞月の無実を晴らして自由にしてあげたい。

今回は、古桃は王宮で留守番なので、天奮とふたりきりだ。

古桃は一緒に来たがったが、天奮との刻《じかん》を邪魔するなと沙戸《さと》たちに引き留められた。このところ遠出につきあわせてばかりで少し休んでほしかったので、翠からも留守番を頼んだ。

軒車《くるま》に揺られておよそ一刻半。

五道転輪王庁の謁見の間で、翠はふたたび聚楽と対峙《たいじ》した。

烏頭村の村長と早鶴も、約束の刻までに駆けつけてくれていた。

瑞月は、玉座の前に敷かれた蓆《むしろ》の上で跪《ひざまず》かせられていた。後ろ手に縛られ、看守に脇を固められている。

そして話に聞いていたとおり、左目を黒い眼帯で覆っていた。

「瑞月……」

気の毒だが、勾留中の身なので仕方がない。

彼のほうは天鶩の姿を見てかなり驚いたようだったが、すぐさま恭《うやうや》しく頭を下げた。

（わたしの前ではずいぶん毒づいてたのに……）

さすがに王を前に無礼は許されないが、忠臣さながらの敬意のこもった態度は意外だった。

そのあと翠に視線をうつしたものの、頼りない笑みをわずかに浮かべただけで、さりげなく目を背けてしまった。

（瑞月……）

なぜ翠がここに来たのか、事情は聞かされているだろう。しかし無罪放免を期待しているというよりは、ただ事態を諦観《ていかん》しているといった感情に乏しい笑みだった。

天鶩を見て驚いたのは、おそらく聚楽もだ。高座でくつろいだままではあったが言葉がなく、心外とばかりの態《てい》である。

驚くべきは彼の横に侍《はべ》っている大狗の反応だった。これまで翠たちには興味なさげで、耳のひとつもろくに動かさずにいた狗が、天鶩の姿を見るなり、弾かれたように高座から降りてきたのだ。

そして目の前まで駆けてくると、尾をぱたぱたとちぎれんばかりにうれしそうにふる。

「丹《たん》。元気だったか」

天鶩も天鶩で、身を屈め、手慣れたようすで大狗の顎《あご》や背中を撫でてあやしだす。

（すごい懐いてる……）

こっちには見向きもしなかったのに。当人同士は不仲になっても、狗との仲はそのままなのか。丹の懐き具合がかつてのふたりの仲の良さを物語っているようで、翠は複雑な心地になった。

だが、それはほんのわずかのことだ。

「丹っ」

聚楽に低く鋭く名を呼ばれると、ぴたりと尻尾の動きを止めた。飼い主の命令には忠実のようだ。

それでも天鶩が気になるらしく、おすわりをしたのは天鶩のそばだ。

（どんだけ天鶩様が好きなの？）

翠は思わず噴き出しそうになったが、

「おまえまで来るとは思わなかったよ、天鶩」

高座から聚楽の冷ややかな声がおりた。

「このまえの手紙で、後日、参上する旨《むね》を伝えたはずだが」

天鶩は立ち上がって、乱れかけた裾《すそ》や襟《えり》元などを正した。

やはりはじめからこの場に顔をだすつもりだったのだ。

「それなら読まずに捨てた」

「あいかわらずだな。不測の事態にそなえて目くらいは通してくれ」

「閻魔王の印璽《いんじ》が押してあるものはまじめに読んでるよ」

私的な内容のものは目もくれないというわけか。

（やっぱり捻くれ者……）

翠は呆《あき》れるが、天鴦はあえて感情を面《おもて》に出さない。

「で、閻魔がじきじきに何用だ？」

聚楽は不遜《ふそん》な態度のまま問う。

「気がかりなことがあってさ」

「多忙なくせに、冥官ひとりの無実を偽装するためにここまで出向くとは。どれほどにその女に入れ込んでいるのだ、天鴦？」

表情はわからないが、揶揄するような響きがあった。

「偽装ではありません」

翠は思わずむきになって否定した。

聚楽がこちらを向いた。

「今日も元気だね、きみは。天鴦に泣いて縋《すが》ったの？」

「縋ってません」

「なら、寝床でねだったのか」

「…………」

喧嘩でも売られているのだろうか。

「俺と翠の仲に妬《や》いているなら歓迎だが、そうでもないならそろそろ黙れ、聚楽」

天鵞が冷静に諌《いさ》めた。

今度は聚楽が黙る番である。

「…………」

（天鵞様もなかなか挑発的だわ……）

ふたりがこじれた経緯を知らないのでなんとも言えないが、仲直りはほど遠そうだ。

気をとりなおして天鵞は切りだした。

「本題に入ろう」

「透千が〈馬耳東風〉にいたのには実は理由があった。早鶴、聞かせてやれ」

天鵞が早鶴に命じた。

「はい、かしこまりました」

早鶴は烏頭村の村長とともに、瑞月が刀葉林に運んでいたのは墨煙草ではなく砂鉄であり、〈馬耳東風〉では運搬してくれる業者との打ち合わせをしていたのだと、きちんと淀《よど》みなく証言してくれた。

（古桃に伝えたかったのは、これだったのよね、瑞月？）

翠は語りかけるように瑞月を見る。

笑みのひとつでもくれると期待したが、反応は思わしくなかった。なにか悟りきったような目をして見つめ返してくるだけだ。もはや、なにも言うことはないとばかりに。

ひととおり証言に耳を傾けていた聚楽が問う。

「つまり瑞月、きみは墨煙草にはまったく関与していないのだな？」

数拍の間があってから、

「はい」

瑞月は淡々と頷いた。

「ならば無罪放免としよう。――と言ってやりたいところだが」

聚楽は告げながら、高座からゆっくり降りてきた。

「残念ながら透千は死罪に値《あたい》する悪逆を犯している」

聚楽はあえて透千と言った。

「……死罪に値する？」

翠は耳を疑った。

「そもそも透千は瑞月というツノナシの成り代わり。この時点で立派な身分詐称の罪がひとつ。のみならず獄賊に名を売り、彼らを扇動して数々の暴動を起こした。捕吏もたくさん殺《あや》めた。ちなみに先月起きた大学寮襲撃事件にも大いに加担している」

「聚楽様、なにをおっしゃって……」

早鶴が驚愕《きょうがく》し、言葉をつまらせる。

翠も蒼白《そうはく》になった。天鶩だけはなぜか動じない。

聚楽は瑞月を見下ろし、煽るように促《うなが》す。

「姉に教えてやれよ、瑞月。自分は官吏でありながら、冥府に対する背信行為をかさねた罪人だと。身分詐称だけなら除籍で済んだが、磔刑《たっけい》は免《まぬが》れない身だと」

信じられないまま、翠も瑞月を見やる。

「ほんとなの、瑞月？　獄賊とつるんでるって……」

幼少期に悪さをして母や鵠《くぐい》に叱られたとき、すぐに謝って許しを乞うのは瑞月のほうだった。罪を犯すだなんてとんでもない。素直で正直で、心のきれいな子だったのに。

だが、もはや逃れられないのを悟ってか、瑞月はあきらめ、居直るような目をしていた。

そして否定もしてこない。

「そんな……」

ずっと案じていたことが、一気に現実のものとなって押し寄せてきた。

「瑞月……、どうして……」

賊と繋がって、殺しまでやっていたなんて。

翠はどうしようもない絶望感に襲われ、唇をわななかせる。

でも、ほんとうはどこかで薄々わかっていた。なのに目をそむけ、気づかないふりをしていた。追及できなかったのだ。瑞月の心がはなれてしまうのが恐くて。彼がひた隠しにしているのがわかったからこそ――。

「ぜんぶおまえのためだ、翠」

「天鶩様……」

翠ははたと天鶩を仰ぐ。

瑞月に対する反応が薄かった。すでに把握していたのだろう。つまり聚楽の発言は事実なのだ。

「少しまえ、瑞月が俺のところに来て自白した。すべてはおまえを守るための計画だったと」

「わたし……？」

「そうだ。天ヶ瀬の村に尾禅があらわれ、結家の存在が冥府の者に嗅《か》ぎつけられたのを知った瑞月は、最終的に自分が死んで、結家が断絶したと思い込ませるしかないと考えた」

「結家の断絶……」

瑞月はたしかにずっと、母たちのように結家の存在を秘匿《ひとく》したがっている。十姫《とき》のように、廻帰の力を利用され、身を滅ぼすことになりかねないから。

「なるほど。おまえがここに出向いた理由は瑞月の命乞いだな、天鴦？」

聚楽は冷やかすように笑う。

「いかにも」

天鴦は聚楽のほうに向きなおり、潔《いさぎよ》く告げた。

「おまえもわかっていると思うが、この者はまもなく死ぬ。だから、絶命するまでのあとわずかな日々は、枷《かせ》を外して自由に送らせてやれないか」

「情けをかけてやれと？」

「そうだ」

「でも、瑞月は罪を犯しているって……」

翠は複雑な胸中のまま、声をあげた。甘んじて受けてよいものかわからない。

瑞月はうなだれ、目を伏せている。

すると天鴦が言った。

「問題ない。瑞月には引き続き透千として生きて、賊や反体制派の情報をこちらに流してもらう」

「え……？」

「透千の正体を知るのは尾禅とその身内だけだ。だから、もしここで聚楽が透千を免赦《めんしゃ》するなら、これまでとかわらず冥官としてやっていける」

身分詐称の罪については、天鶩は問わないでいてくれるのだ。

「どのみち死にゆく命だ。本人も了承済みだよ。そうだな、瑞月？」

瑞月はいったん天鶩を仰いだのち、「はい」と神妙に頷いた。すべてを受け入れ、天鶩に敬服しているようすだ。

天鶩は聚楽に告げた。

「もしもなにか起きたときは俺が責任をとる」

「天鶩様……」

尾禅を泳がせていたのはこのためだったのだろうか。その周到さには恐れ入るが。

翠は瑞月に視線を戻した。

（瑞月も承知の上……？）

死ぬまでの罪滅ぼしとでも捉《とら》えているのだろうか。

すると聚楽が首を傾げ、愉快そうに天鶩を見上げた。

「こんな病魔に侵されたツノナシの若者を最後まで間者として使い倒すとは。さすが天鶩。優しそうに見えて、あいかわらず残酷《ざんこく》だなあ、おまえは」

（いいえ、残酷ではない……）

天鶩は免赦と引き換えに責務を与えたのだ。そのほうが瑞月も心を痛めなくてすむから。

だが、そのへんは聚楽も心得ているようで、

「どうしてくれる、聚楽？」

天鵞に問われると、彼はふっと笑った。

「まあ、墨煙草の件についてはシロだったのだから、転輪庁としては放免してやってもいい。もちろん貸しだけどな。かなり大きめの。……あとはおまえの好きにしろよ、天鵞」

聚楽は丹に合図して、瑞月の身を拘束する黒縄を齧《かじ》らせた。

「聚楽様……」

貸しとはいえ、意外にもすんなりとこちらの要求を呑んだ。

顔は見えないし言葉も危ういが、やはり情けはあるようだ。

道理もわきまえられない暗愚《あんぐ》な王なら、とっくにほかの王たちに糾弾《きゅうだん》されて自滅しているだろう。古桃の姉夫婦も、聚楽に心から感謝していた。たとえ天鵞が交渉しなくとも、瑞月にはなんらかの救済を与えてくれたのかもしれない。

黒縄をとかれた瑞月は、ひとまず自由の身となった。

「瑞月……」

罪に対する抵抗はあるものの、解放された瑞月の姿を見たらひとまず安堵《あんど》した。

「主上のご恩情に御礼申しあげます」

瑞月はまず両の手をあわせ、天鵞に実に恭しく礼を述べた。

それから聚楽と、証言してくれた村長と早鶴にも。

冥府や王に対して抱いていた強い反感がすっかりなくなっている。さすがに免赦されて礼も述べられない愚《おろ》か者もいないだろうけれど。

（天鶩様のよさをわかってくれたならよかった……）

きっかけは謎だが、瑞月が妙な誤解や思い込みをひきずっていないようでほっとした。

翠と目が合うと、瑞月はただただ申し訳なさそうにうなだれた。

無理もない。死罪に値するほどの罪を犯していたのだ。

「ごめん、姉さん……」

擦《かす》れた声で謝罪されても、すぐに言葉は出てこなかった。

許しがたい。それが姉のためだったとしてもだ。

なにをやっているのだと、なじってやりたい気持ちでいっぱいだった。だが、この場でするのも見苦しい。

「天鶩様によくお仕えして」

許すかわりに、念を押した。そうして罪を贖《あがな》っていくしかない。

でも釈放されるのはうれしくて、わずかにほほえんでみせた。

すると瑞月もつられて、ようやく険しかった表情をゆるめた。

「僕のために、ありがとう、姉さん」

やっと見られた。子供のころと変わらない、邪気のないまなざし。瑞月の心が、いまはまた、ふたたび理解できるようになった。

「瑞月……」

よかった。

翠は瑞月の体を抱きしめた。罪過を思うと心苦しいが、無事なのはなによりうれしかった。

「左目はどうしたの？」

翠は瑞月の隻眼《せきがん》を見つめた。ずっと気になっていた。

「ちょっと、出先で怪我をして」

「大丈夫なの？　力を使って治せばいいじゃない」

「そういうのは禁じられてるし、力を使っても、きっと通じないと思う」

「なぜ？」

だれに禁じられているというのだ。

「それは――……」

瑞月はなにか答えかけたものの、咳が出てきて続かなかった。

獄房は空気が悪そうだから、肺によけいな負担がかかったのではないか。

「ほんとうに大丈夫？」

聚楽がじきに死ぬとか言っていた。心配になって頬にふれると、

「大丈夫だよ」

瑞月はそれにみずからの手をかさねた。

「姉さん……、心配ばかりかけてごめん。……いつかふたりで、天ヶ瀬か、どこか別の空気のきれいなところで静かに暮らそう。また僕にも桜えびのおにぎりを作ってよ」

かろうじて、掠《かす》れた声をしぼりだす。

（僕にも……？）

天鶩とそんな話までしたのか。

「うん。そうね」

瑞月の手のぬくもりを感じながら、いまはもう、すんなり頷いてあげられた。瑞月がまだ死なないでいられたら、そのときは冥都をはなれ、ふたりで静かに暮らすのもいいと思った。

あの緑と花の芽吹く、天界へとつながる水瀬。

一日でも瑞月が長く平和に生きられますようにと祈りながら。

でも、いつかとは、いつの話だろう。

瑞月の首筋や袖からのぞく腕を見てしまった翠は、急にかなしくなった。

（母さんとおなじ……）

素肌に浮かびあがった細かな血管。おなじものを肺病の末期の母にも見た。

母は水も大気も清らかな天ヶ瀬の村に住んだけれど、ほどなく寝付いて、そのまま儚《はかな》くなってしまったのだ。ちょうどこんなふうに咳をくりかえし、聞き取りづらい声で話すようになってから――。

そこで大戸が叩かれ、年配の冥官がひとり頭を下げて入ってきた。

天鴦の姿を見とめた冥官は丁寧に礼をとってから、

「さきほど閻魔庁から急使が参りまして、こちらを」

一通の封書を聚楽にさし渡した。

「閻魔庁からだと？」

天鴦がききとがめる。

先にざっと書面に目をとおした聚楽が、

「ああ、これは面倒なことになったなあ」

気怠《けだる》そうにつぶやいた。

なにかわからないが、翠の胸にざわりと嫌な予感が満ちた。

「なんの報《しら》せだ？」

天鴦が書面をのぞきこみながら問いかけた、そのときだ。

それまで大人しく座っていた丹が、いきなり虚空《こくう》に向かってがうがうと吠《ほ》えだした。

唸《うな》りを混ぜた獰猛《どうもう》でけたたましい鳴き声に、一同が警戒を深める。

「丹、どうした？」

聚楽が諫めると、狗の銀色の眼が、射るように翠に向けられた。

「わたし……？」

鋭い獣のまなざしは警告の色をおびていた。

なにかを訴えるかのように、いっそう力んで翠に吠えてくる。

「なに……？」

直後、異変が起きた。

ゆらりと漂う霊気。

耳の上、簪《かんざし》のあたりから漂ってくる。ほの甘い蜜《みつ》に鉄錆《さ》びを混ぜたような、奇妙な匂い。

（この香り……）

最近、どこかで嗅いだ記憶がある。

それは饐《す》えた血にも似た、死の匂いだった。

はらはらと、どこからともなく花びらがふってきた。

はなびらのかたちは芙蓉《ふよう》の花に似ている。だが色は血に染まったかのごとく赤く、強い霊気をおびていた。

それらの花びらはまがまがしい霊威とともにざあっと宙に流れた。

やがてひとつに撚《よ》りあわさって、翠の頭上で矢をかたち作る。

鋭利な鏃《やじり》に、翠は慄然《りつぜん》とした。
おなじものがほかにもいくつかできていた。
そのうちの一本、背後を旋回してきた矢が、翠に狙いを定めて直進してきた。
天鵞が結界を張ろうとしたが間にあわなかった。
ここまでは、ほんの刹那《せつな》の出来事だ。
「はっ」
翠は背後からずしりと心の臓を貫かれた。
そう感じたのは、矢が自分の背に埋まるような衝撃がたしかにあったからだ。
だが、そうではなかった。
なぜか目の前で、突然、瑞月が大量の血を吐いた。
「瑞月……っ」
血に濡れた瑞月の体がゆらりとこちらに傾いてくる。
背中にもじわじわと鮮血が広がりだす。
貫かれたのは瑞月――?
とっさに体を受けとめるが、脱力した男の体は重く、翠はそのまま床に崩れ落ちた。
前方から飛んできた別の矢を、天鵞が炎で滅してくれた。
が、頭が真っ白でなにが起きているのかわからなかった。

「これが媒体《ばいたい》だ」

天鶩が、翠の髪からおもむろに簪をつかんで引き抜いた。

「あ……っ」

天鶩から貰《もら》った大切な簪だったが――。彼は簪を床にうち捨て、踏みつけた。

強い霊力が弾け散り、虚空にあった矢はすべて霧散した。

無力化した無数の花弁だけが、はらはらと床に落ちる。

それらはやはり丸みをおびて、芙蓉の花びらに似ていた。赤黒く、毒々しい。

（もしや、死芙蓉……？）

早鶴が言っていた、身近な者から向けられる怒りや妬《ねた》みや不安を取り込んで育つという花。花弁の色が白から赤に変わるとき、悪《あ》しき力が最高潮になると。

妬みなら刀葉林の美女たちからいやというほど吸い込んだだろう。もしかしたら、天人族のご令嬢方からも。

「透千っ、どうしたのっ、目を覚ましなさい！　透千っ」

駆け寄ってきた早鶴が、翠に代わって瑞月の体を抱き起こそうとする。

血まみれの瑞月は、青ざめ、意識を失っている。

翠は啞然《あぜん》として、起きたことをただ眺めるだけしかできない。

「だれがこんなまねを……？」

早鶴が声を震わせて嘆く。

はじめ、翠は聚楽の仕業だと思った。だがそうではなかった。覆面の奥で、彼もおそらく驚いている。

丹がやたら翠に吠えたのは異常を察知したからだ。危険だとまわりに知らせるために。

「翠、その衣を見せてみろ」

翠の襟元に目をつけた天鶱が身を屈め、荒々しい手つきで襟をつかんだ。

力ずくでひらくと、玉虫色の〈盾《たて》の羽衣〉の一部がのぞく。

「これは……」

衣の裂けた部分に指を這《は》わせた天鶱が、目をみはった。

他人事《ひとごと》のように事態を見守っていた聚楽も、

「へえ、〈盾の羽衣〉じゃないか」

ものめずらしそうに言われ、翠はどきりとした。

「そう……」

たしか、そんな名称だった。

「いざというときのために、瑞月が身に着けておけって……」

「〈盾の羽衣〉は孟婆《もうば》が依頼を受けて編む特殊な衣だ。着ている者が受けた傷は、すべて依頼主に返る仕組みになっている」

「依頼主に返る……？」

だから代わりに瑞月がこんな状態に――。

「そんな……」

頭が真っ白になりかけた。

「末端の冥官ごときが誂《あつら》えられる代物ではない。左目で取引をしたな」

天鵞が青ざめた瑞月の顔をのぞく。

「目を……引き換えに……？」

なんてことを。

翠は震える手で、おそるおそる眼帯を退《しりぞ》けてたしかめた。

瞼《まぶた》の向こうに眼はない。摘出された状態だった。

自分の体の一部がもぎ取られたかのような衝撃だった。廻帰の力で目を治さなかったのは、〈盾の羽衣〉の力が失われるからだ。

「瑞月……」

ぜんぶ、わたしのため――。

動揺のあまり、体がかたかたと震えだす。

息苦しくて、息ができない。

「瑞月……、死なないで、死んじゃだめ……」

気づくと、右手に霊力が集まりはじめていた。廻帰の力を使うためのものだ。無意識のうちに、本能的にそうしていた。

霊力に満ちた手を瑞月の胸元にもっていきかけたが、

「だめだ。よせ」

天鳶がその手をとりあげた。

「はなしてくださいっ、はなしてっ」

翠はふりほどこうと必死に抗《あらが》った。

「助けてあげて。お願い、あなたなら治せるのでしょう?」

向かいの早鶴が涙声で訴えてくる。

翠は頷いた。

「たぶんできる……。だからやらせて」

母には禁じられたが。

できるところまでやってみる。でないと、瑞月が死んでしまう。が、

「無理だ。おまえと瑞月では力が違いすぎる。一戦交えたときにわかった。いまのおまえに瑞月を蘇生《そせい》させるだけの力はない」

天鳶が断じた。

「でも……瑞月が……っ」

「だめだ」

天鴦は頑《がん》として許さない。

「どうせもう死んでるよ」

上から聚楽が無情な声で告げた。

翠ははっとした。

「死芙蓉の毒の即効性は凄《すさ》まじいからね。瞬時に末端まで巡り、確実に息の根をとめる。見ろ。瑞月はとっくに息をしていない」

たしかに、息はない。

蠟《ろう》人形のごとく青い頰や唇を目《ま》のあたりにし、それが現実なのだと思い知らされる。

「瑞月……」

天鴦もさっき「蘇生」という言葉を使った。わかっていたのだろう。

「どうして……」

だれかが、翠を殺そうと狙った。

このまえも街で狙われた。犯人はおなじだ。あのときも、甘い花の香りにまじって死の匂いがした。

翠は床でばらばらに壊れている簪に目をうつした。

（せっかく天鴦様に貰ったのに……）

あの簪を媒体に、どこかの異能持ちが妖術を使ったのだ。

「どのみち瑞月は、ここで死ぬのが正しい。見てみろ」

聚楽が、さきほど閻魔庁からの急使が届けた書簡を示した。

「この報せは閻魔王宛てのものでもあった。曰く、尾禅という高官が自害したと――」

「なに？」

「愛息が、漆《うるし》瑞月というツノナシのなりすましであったのが判明したために、責任をとって死んだとさ」

天鴦が舌打ちをした。

「反体制派が尾禅を切り捨てたんだ。昨日、希子から知らせが来たばかりなのに、まさかこれほど早く実行されるとは――」

案じていたとおりだ。もはや駒《こま》として使えないと判断された。遅かれ早かれ、瑞月も始末されただろう。たまたまここで翠の身代わりで犠牲になってしまったが。

聚楽は冷ややかに続けた。

「ここで瑞月を蘇生させたら、きみは十姫とおなじになるよ、翠？」

「十姫……？」

聚楽は十姫の存在まで知っているようだ。

「そう。本来ならば透千は、我が転輪庁で処刑されるはずだった罪人だ。にもかかわらず免赦された。理由はなんだ？　実は結家の娘の弟で、姉が頭を下げたから。――そんなご贔屓《ひいき》を知れば、賊や逆臣たちはきみが僕に対し、絶大な影響力を持っていると考える。過日、恩を売った閻魔と初江《しょこう》王も含めれば、きみはすでに三人の王を手懐けている女傑《じょけつ》だ。やつらは必ずすり寄ってくる。まさしく十姫のように、きみは私利私欲にまみれた逆臣どもに揉《も》まれ、良心を失い、やがては身を滅ぼす羽目になるだろうね」

「そんな……勝手に決めつけないで……！」

瑞月もそうだった。まるでそうなるみたいに言う。

「わたしは十姫みたいにはならない」

翠は天鴦の手をふりきって、もう一度、力を使いだした。

「よせ、聚楽の言うとおりだ。瑞月が透千であるのが公《おおやけ》になってしまった以上、ここで蘇生させてはならない」

天鴦が語気を強めて諫めてくる。

だが、翠はかぶりをふった。

「そんなの知らない……、わたしは瑞月の命のほうが大事なの。瑞月を死なせたくないっ」

もうなにも耳に届かなかった。瑞月の死が恐くて、体が勝手に動いていた。ひとりになりたくなかった。

（かわいそうな瑞月。こんな姿になって……）

血に染まった体が痛ましくて、元に戻してあげたくて、翠は全力で念じた。

「やめろ、翠……」

瑞月の体から、翠のなかになだれこんでくる。廻帰の力を使うと視《み》えてくる、形象化された瑞月の魂《たましい》そのものが。その幻影が。

無色の虚空に、蜂《はち》の巣のような亀甲《きっこう》紋様がほの白くはかなく浮かびあがっている。隅々《すみずみ》まで巡っているそれは微動だにしない。ずれもなければブレもない。無機物に力を使うときに視る幻影に似ていた。

亀甲が細かくなって押し寄せてくるような錯覚に見舞われるが、実際はなにひとつ変化がなかった。ただ膨大な霊力がもっていかれるだけだ。

はじめての感覚に肝《きも》が冷えた。当然だ、死んだひとの体に力を使ったことなどない。

耳がきんと痛くなって、息が苦しくて、呑み込まれそうになる。この虚無の世界に引きずり込まれてしまいそうになる――。

「やめろと言っているんだ」

鋭い叱責の声に、はたと我に返った。

瑞月の胸にあった手はうち払われ、ふたたびつかみあげられていた。

深紅の瞳と目が合った。

そんな恐い目をした天奮をはじめて見た。

「おまえは十姫とおなじ轍《てつ》を踏むな。それは瑞月が最も恐れていたことだぞ」

その言葉にぐさりと胸を貫かれて、たちまち脳裡の幻影が消え失せた。

「瑞月が……」

そうだ。

結家を秘匿したかったのは、翠を守るためだ。そのために身を削り、罪にさえ手を染めてここまでやってきた。なのに自分がそれを踏みにじってどうするのだ。

早鶴が声を殺し、身を絞るようにして泣いている。

（わたしだって助けたい……）

でも、それをしたら瑞月の苦労が完全に無駄になる。彼が望む結果にはならないのだ。

そもそもいまの自分に瑞月を生き返らせるだけの力はない。ぬくもりを失った瑞月の体が、もうなにひとつ戻せないのだと伝えている。

頭が冴《さ》えてきて、天奮につかまれた手から力が抜けた。

どうしようもなくて、涙があふれてきた。

どのみち瑞月は死んだのだ。自分を庇《かば》って。身代わりになって。どこにいて、なにをしていようとも、死芙蓉の使い手の犠牲になった。

（ごめんね、瑞月……）

翠は声をたてて泣きだした。

わたしのためにごめんね。

あたりに散った死芙蓉の花びらは、瑞月の胸元に沁《し》みた鮮血よりもまだ赤く、呪詛《じゅそ》した相手の怨念《おんねん》をあらわすかのように禍々《まがまが》しかった。

終章

瑞月《みづき》の弔《とむら》いは、本人の希望どおり水葬によってとりおこなわれた。

三途《さんず》の川のほとりに、送魂《そうこん》を生業《なりわい》としている鬼がいる。その鬼の手を借りて、瑞月の遺《い》骸《がい》を弔ってもらった。

花に埋もれた遺骸は舟に載せられ、そのまま三途の川に流される。

舟底にあけられたわずかな穴から水が入り、やがて刻とともに舟は川に沈む。

肉体は水底で朽ちて、魂《たましい》は人間道《にんげんどう》の亡者や畜生道《ちくしょうどう》の動物らと等しくふたたび輪廻《りんね》の巡りに戻るのだ。

天鶯《てんよう》や古桃《こもも》の付き添いを断って、翠《すい》はひとりで舟を見送った。

今度こそ、瑞月が行ってしまう。遠くはなれ、もう二度と会えない。手も声も届かない。

水泡《みなわ》の渦の果ての、翠の知らないところへ。

ずっと自分の分身のように思って寄り添って生きてきた。つらいとき、かなしいときの心の拠り所だったのに。

もっと早く冥都《めいと》に来ていれば、なにかしてあげられたかもしれないのに。

後悔ばかりが、涙とともにあとからあとからあふれてきた。

瑞月を亡くしてから、半月が過ぎた。

翠は王宮の台盤所《だいばんどころ》で、これまでと変わらず元気に働いていた。

ほんとうはまだ本調子ではなかったけれど、ふだんどおりにふるまった。そのほうが早く立ち直れそうだし、みなに気を遣わせなくてすむ。

冥府《めいふ》では、兵部《へいぶ》の副長官の秘書官・尾禅《びぜん》の息子である透千《とうせん》が、実は瑞月というツノナシのなりすましであることが発覚。身分詐称《さしょう》に加え、獄賊《ごくぞく》とも通じていたため処刑されたというのが、ひとびとの知るところとなっていた。

翠は罪人の弟を持つ立場となったが、閻魔《えんま》王の一存で王宮にとどまるのを許された。冥官《みょうかん》、とくに獄吏《ごくり》のなかには前科がある者もめずらしくはなく、また、翠自身は潔白であり、閻魔庁の獄漏《ごくも》れを阻止した手柄を評されているため、表だって異を唱える者はいなかった。

台盤所の女官たちは、翠が抱えるおおまかな事情を知っているので、弟の死を悼《いた》みつつも、翠が日常に戻れるようふだんどおりに接してくれた。


その日、一日の仕事を終えて、みんなと大広間で夕餉《ゆうげ》を食べていると、

「そういえば、翠、さっき那霧《なきり》様からうかがったのだけど、来月の茶話会のご招待があっ

たそうよ」

沙戸《さと》が教えてくれた。

「茶話会の？」

翠は思わず箸《はし》を動かす手を止めた。また来るよう誘われてはいたが、ただの社交辞令だと思っていた。

「でかしたわ、翠。閻魔王のお妃候補として迎え入れてもらえたということよ」

「すごいじゃない、ツノナシのあんたが茶話会のご常連に選ばれるなんて」

「これは大いに脈ありと考えていいわね」

みなは期待に声を弾ませているが、

「本音はどうかわからないよ」

翠の表情は冴《さ》えない。

「わたし、このまえうっかり立ち聞きしてしまったの。廻帰《かいき》の力を使ってわたしが直した花瓶《かびん》を、夏葉《かよう》様はひそかに侍女《じじょ》に捨てておけと命じていた」

「どうでもいい安物だったからでしょ」

「いいえ、素人目《しろうとめ》にも高価なものだとわかったわ」

「もったいねーな」と古桃。

「じゃなくて、夏葉様には裏がありそうって話でしょ」

となりの女官が小声で言い正す。

「……そう」

ほかにも思うところがある。夏葉のいる玲仙宮《れいせんきゅう》の庭には、芙蓉《ふよう》の花が咲き乱れていた。もちろん死芙蓉とはちがうし、ただの偶然にすぎないが――。

「でも、一度目で見限られてつまみだされるよりはよかったんじゃないの？」

「そうよ。過去にはそういうご令嬢もいたのよ。それに比べればあんたにはまだ、なにかしらの希望があるわけでしょ？」

「そうね」

みんなお妃付きの女官になるという野望があるので前向きに励ましてくれる。この明るさが、いまのふさぎがちの翠にはありがたかった。

こちらとしても、このまま王宮を去るつもりはない。自分の命を狙った相手はだれなのかつきとめたいのだ。でなければ、瑞月が浮かばれない。

「ちょっと、翠が買ってきてくれた〈金最中《きんもなか》〉があと一個しかないじゃない。食後のお楽しみなのに」

別の女官が長持ちの上に置いてあった箱を見て嘆いた。

「古桃がそこ通るたびにくすねてたわよ」

「んまあ、古桃ったら、あんたはもう十分に食べたでしょう。これは転輪《てんりん》州でしか手に入らない、上に超がつくほどの銘菓なのよ」

「そうよ。当たりをひけば、中には耳垢《あか》が砂金に変わる不思議な餡《あん》が入っていて大金持ちになれるんだから。おまえだけ独り占めはズルいわ」

「へー、名前だけじゃなくて中身も下品でえげつねえ菓子だな」

「あ、古桃はわたしにくれてたの。でも、結局食べきれなくて」

まとめて箱に戻しておくつもりで厨《くりや》の引き出しにしまってあるのだった。翠がそれを取りに行こうとすると、

「翠。あんたは食べなくちゃ。最近、ちょっと痩《や》せぎみなんだから」

沙戸が焼いた小魚を一匹、翠のごはんの上にのせてくれた。

「そうよ、それ以上痩せたら胸元の魅力半減で、天鵞様がなびいてくださらなくなるわ」

「翠の乳は上げ底のおまえらと違ってちゃんとあるから大丈夫だろ」

「失礼ね、わたくしのだって自前よ」

「ほんと、こちとら高価な〈器量堂《きりようどう》〉の美胸軟膏《なんこう》で鍛えて育成したんだから。よかったらおまえにもわけてあげるわよ、古桃?」

「あたしのはこれから自然に成長すっからいいんだよっ」

古桃が少しむきになったので、みんながわっと笑った。

「ほら、翠はちゃんとたくさん食べなさい。わたしの卵焼きもわけてあげる」

となりの女官も卵焼きをひと切れ、ごはんの上にのせてくれた。

「ありがとう」

「翠、あたしも、沙戸たちもいるよ。翠はひとりじゃないだろ。いっぱい食わないと、いつまでたっても元気でないぞ」

古桃が顔をのぞきこんで言う。まわりも真顔だった。無理をしているのを見抜かれているのだろう。

「うん、そうだよね。ありがとうね、桃。みんなも、ありがとう……」

つんと鼻の奥が痛んだ。目の奥が熱くなって、涙の気配がする。

でも、泣かないでいつもみたいに堪《こら》えた。いつまでも引きずってしんみりしていたくない。

「そうだ、わたし、これ、もう捨てようと思って」

翠は懐《ふところ》から太く編み込んだ組紐《ひも》をとりだした。

〈盾《たて》の羽衣〉の裂けていない部分をほどいて撚《よ》りなおしたものだ。もう盾の効果はないし、握って縋《すが》ってみたところで瑞月は戻らない。

〈盾の羽衣〉に使われた布地は刻《とき》とともに消え失せてゆくのだそうで、最近はずいぶん細く脆《もろ》くなってしまった。

「翠がいいと思うなら、そうしなさいよ。でも、べつに無理しなくていいわよ」

沙戸がわざとそっけなく言った。

「そうよ。みんな、捨てられない思い出の品なんてフツーにあるから。あたしなんて、二年前に別れた男にもらった腕輪がいまだに捨てられないわよ」

向かいの女官が自身に呆《あき》れた顔で言う。

「未練たらしいな。思い切ってスパッと業江《ごうこう》にでも捨てちまえよ、そんなもん」

古桃が突っ込むと、

「おほほ、もったいなくて捨てられないわ。いつかどうでもよくなるまで持ってれば質入れして金に換えられるじゃないの。高価な白玉の腕輪なのよ」

「したたかすぎだろ、おまえ」

「それは捨てておしまいなさい。後生大事に持ってるからどうでもよくなる日が来ないんでしょうよ」

沙戸からも突っ込まれるが、

「それができたら苦労しないわよう」

と、苦笑いしながら嘆く。

翠も小魚を食《は》みながら、つられて苦笑していた。

そうだ。忘れたくても忘れられない。人の想いというのは厄介《やっかい》である。

その夜。

翠は眠れなくて、ひとり外廷の見える渡り廊下に出ていた。

欄干《らんかん》の手すりにもたれかかり、月明かりに照らされた中庭を眺めてぼうっとしていた。

昼間は冥官たちが往来してあわただしい外廷も、夜は水をうったように静まり返っている。

ここから、かつて瑞月の姿を見かけた通路が見渡せる。

閻魔庁に来て間もないころ、中庭を挟んだ向こう側の通路に、偶然、彼に似た冥官を見つけた。他人の空似の見間違いだと思っていたけれど、あれはきっと瑞月本人だったのだ。

あのとき、思い切って声をかけていたら、もう少し違った未来があったのだろうか。

翠は手をひらいた。

〈盾の羽衣〉で作った組紐がある。

竈《かまど》に入れて焼くつもりだったのに、結局捨てられなかった。

もう、ぼろぼろになってしまった。これが消えてなくなったら、ほんとうに瑞月が消えてしまう気がして、怖くて捨てられなかったのだ。

みんないなくなる。母も、鵠《くぐい》も、瑞月も――。それが結家《むすび》の運命なのだとしたら怖くなる。

だれか、そばにいて。わたしを置いていかないで。

そう思いながら、縋るように握り続けてしまう。

ふと、ひとの気配がしたので翠は顔をあげた。

ふりむくと、天翁がいた。

「天翁様……」

寝衣に藤《ふじ》色の大袖《おおそで》を羽織っただけのくだけた姿で、けれど月明かりのもとでは麗々《れいれい》しく見えた。

「心配になって見に来たんだ。夜になると、ときどき渡り廊下に出て泣いていると聞いたから」

「…………」

だれかが気づいて伝えてあったようだ。泣き顔など見られたくないから、ばつが悪くなった。

翠は中庭に面した通路を指さした。

「閻魔庁に来て間もないころ、あそこではじめて瑞月を見たの。瑞月の冥官の姿、角《ツノ》はつけていたけど立派だったなって……。いまも生きていて、そこを歩いてくるみたいな気がして」

通りかかるたびに、無意識のうちに瑞月を捜してしまう。

「会えなくても、どこかで生きているのと、死んでもう二度と会えないのって、おなじ会えないでもぜんぜん違うんだね……」

いつか会えると思えば、さみしさは乗り越えられるのに。

死んだ相手には永久に会えない。

母を亡くしたときは瑞月がいたからまだよかった。ふたりだったから、かなしみも薄らいだ。でも、その瑞月もいなくなってしまった。

これからどうなるの。

なるようにしかならないとわかっていても、底無しの喪失感にとらわれ、怖くなる。

また村に戻ればいいか。瑞月のいない村に。

(蓮《はす》の花、まだきれいに咲いてるかな……)

瑞月と一緒に蓮池を歩いたときの記憶が蘇《よみがえ》った。

この先、もう二度とふたりであの蓮野を見ることはないのだと思うと、どうしようもなくせつなくなった。

逃れて暮らした十数年のあいだに、ほかにもたくさんの景色を見た。

めずらしい鵬《おおとり》の子の大群や、水底に果樹の林立する湖、七色の雪の降り積もった里山など。いつかまたふたりで見に来ようねと約束をかわした、数えきれないほどの思い出。

涙が滲《にじ》んできたので、あわてて目元を拭《ぬぐ》った。

「わたし、弱くなってしまったんだ……。村では涙なんかちっとも流さなかったのに……」

年の離れた女にいびられたり鬼に折檻《せっかん》されて泣いている娘はたくさんいた。でも翠は泣かなかった。どんなにつらくてもひたすら我慢して耐えた。泣いたら負けて、ますますみじめになると思ったから。

「その涙は弱くなったせいじゃない。瑞月の想いを知ったから流れるんだろう」

「瑞月の想い……」

瑞月はたしかにいつも翠を想っていてくれた。母も、鵠も――。

ますますかなしみが深まるので、翠はほかになにか天翥と話せる話題を探した。

「そういえば、簪《かんざし》、だめになってしまって……。せっかくいただいたのに、ごめんなさい」

うれしくてつい、いつも挿《さ》していた。特別な日だけにすればよかった。

「ああ、代わりならいくらでも買ってやるから気にしなくていい」

天翥の目が優しくなったので、翠はほっとした。怒るような人ではないとわかっていた。

「それはそうと、あの簪はどういう状態で保管していたんだ？」

死芙蓉の毒は簪を媒体《ばいたい》にしてほどこされた。

瑞月の死を連想させるから、これまで訊《き》くのは控えていたのだろう。

「いつも、布に包んで長持ちの中に」

ほかの女官たちがしているのとおなじ方法だ。

「だれでも手にできる状態ではあるな」

「うん」

思えば街で氷矢に襲われかけたときも、簪からおなじ香りが漂っていた。

「わたしに死んでほしい人がいるということね」

「そのようだな」

天鴦は肩をすくめた。

「言いにくいのだけど、簪は夏葉様にもお見せしたの。手に取ってよくご覧になってた」

伝えるべきか迷ったが、一応、そんな事実があったのだけは知っておいてほしかった。

自分としては、夏葉が疑わしいと思っている。簪を手にしていたあのとき、なにか細工したのではないかと。

だが、天鴦にとっては血の繫《つな》がった相手だから言いづらい。

「来月の茶話会にも招かれました」

玲仙宮の庭に咲いていた芙蓉の花が脳裡《のうり》に蘇《よみがえ》る。とても好きな花なのだと――。

「そうか」

天鴦はあえて淡々と受けとめた。彼にも思うところがあるのかもしれない。

もしも夏葉が息子のために王位を狙っているのだとしたら。

夏葉にとって、翠はきわめて邪魔な存在だ。

たとえば、十姫《とき》のように十王や冥府高官らを味方につけた翠を娶《めと》れば、天鴦は大いに権勢を増す。

早々に世継ぎができれば、王位を競う相手が増えるだけだからこれも厄介だ。過去に深雪《みゆき》という娘が毒殺されたのも、おなじ理由からだろう。

翠が考えていることを、天鴦は見抜いていた。

「叔母上を消してもおなじだよ。またほかの勢力が台頭し、大切なものを奪おうと横槍を入れてくるだろう。それが我々のように、持てる者が背負わねばならない業《ごう》だ。あがいてでも生き抜いてゆくしかない」

とうにわかりきっているのだと。

「…………」

手厳しい言葉だった。彼自身にも言い聞かせているのがわかって、翠はますます心が擦《す》り減ってゆくのを感じた。

よるべない心地のまま、瑞月が遺した羽衣の組紐をにぎりしめていると、

「翠……」

天鴦が、じっと目を見つめてきた。

「俺の妃になれ」

「え？」

翠は目をみひらいた。

「もちろん、すんなりとはいかないかもしれない。まずは氏《うじ》を取り戻し、瑞領家《ずいりょう》の者を納得させ、十王の承諾を得てからでないと婚姻は成り立たない。氏を取り戻すためにもいくつかの段階がある。それでもいいというなら――」

風当たりは強いのに違いない。獄賊や反体制派の動きも活発だし、自分を狙う者がいるのもはっきりした。

けれど翠が閻魔王の妃になれば、ほかのツノナシの娘たちだって希望を持てる。心を変える冥官もたくさんいるだろう。

差別意識を変えてゆくまたとない機会だ。

（でも）

いきなりすぎるし、なぜか、すべてが空々しいきれいごととしか思えなかった。

（結家の再興は――）

その夢は、瑞月を失ってでも叶えたかったのだろうか。

瑞月を亡くして、よくわからなくなった。

命はひとつしかない。瑞月が遺してくれた大事な命。それを自力で守って生きていかねばならない。瑞月のいなくなってしまったこの十州で、いまの目的はそれしか見えない。ほかにはなにも考えられない。

また、目の奥が滲《し》みて涙があふれてくる。泣きすぎて、もう涙など枯れ果ててしまったと思ったのに。

「ごめんなさい……」

涙の雫《しずく》がぽろぽろとこぼれた。

翠はそれを隠すように手の甲で面を覆《おお》った。

瑞月はもう二度と戻らないのだ。会えないし、ふれられないし、声も聞けない。

いまは、そのかなしみに呑《の》まれそうになるのに耐えて、日々をやりすごすので精一杯だ。

「翠」

天翥が手を伸ばし、嗚咽《おえつ》に震える肩を抱きよせた。

涙とともに、本音があふれた。

「たぶん、だれかと一緒にいたいだけなの。……優しくしてくれるだれかと、いいことも悪いことも、いつもそばにいてわかちあえる、仲のいい家族みたいになれたらって……。ただそれだけ」

きっとお妃になる気概も、身を焦《こ》がすほどの恋情もない。母の、鵠の、瑞月の代わりが欲しいだけだ。

「べつにそれでいい」

天翥の手が翠を抱きすくめ、いたわるように髪を撫《な》でた。

「大丈夫だ。大事なひとをなくしても、また、ほかのだれかと縁を繫いで生きていける。そういうふうにできているんだ。俺は、おまえにずっとそばにいてほしいと思う。瑞月からもおまえを託された」

「瑞月からも……？」

「ああ。だから、瑞月のかわりに俺がおまえを守るよ」

天鶩はそう言って、赤子のようにきつく握りしめていた翠の手をひらかせた。

もろくなった羽衣の繊維の粒子が、散り散りになって手からこぼれ落ちた。

終わりのときが来たのだ。

瑞月の一部だと思ってよりどころにしていた組紐のすべてが、かたちを失って夜空にさらさらと流れてゆく。

その空っぽになった手を、天鶩が握りしめた。

翠はその手をきつく握りかえした。

大きくてあたたかかった。まだひとりきりではないのだと、そのぬくもりのおかげでわかった。

後悔はしないと瑞月に告げたのだ。この先になにが起きようとも受け入れ、背負っていくと決めた。だからもう、かなしむのは今夜で終わりにしようと思った。

自分を守ってくれた瑞月のためにも――。

涙に濡れた顔をあげると、欄干にこぼれた輝く羽衣の残滓《ざんし》が、夜風に儚《はかな》くとけてゆくのが見えた。

参考文献

『地獄の本』（洋泉社）
『現代語　地獄めぐり『正法念処経』の小地獄128案内』山本健治（三五館）
『地獄の歩き方』田村正彦／小野崎理香／水野ぷりん（金の星社）
『地獄めぐり』加須屋誠（講談社）
『図説　地獄絵の世界』小栗栖健治（河出書房新社）

※この作品はフィクションです。実在の人物・団体・事件などにはいっさい関係ありません。

集英社オレンジ文庫をお買い上げいただき、ありがとうございます。
ご意見・ご感想をお待ちしております。

●あて先
〒101-8050　東京都千代田区一ツ橋2-5-10
集英社オレンジ文庫編集部 気付
高山ちあき先生

冥府の花嫁 2

地獄の沙汰も嫁次第

集英社
オレンジ文庫

2024年1月23日　第1刷発行

著　者　高山ちあき
発行者　今井孝昭
発行所　株式会社集英社
〒101-8050東京都千代田区一ツ橋2-5-10
電話【編集部】03-3230-6352
【読者係】03-3230-6080
【販売部】03-3230-6393（書店専用）
印刷所　図書印刷株式会社

ISBN 978-4-08-680538-4 C0193

集英社オレンジ文庫

高山ちあき

異世界温泉郷
あやかし湯屋の嫁御寮

ひとり温泉旅行を満喫していたはずの凛子は、気がつくと不思議な温泉街で狗神の花嫁に!?　離縁に必要な手切れ金を稼ぐため、下働き始めます!!

異世界温泉郷
あやかし湯屋の誘拐事件

箱根にいたはずが、またも温泉郷に!?　婚姻継続していると聞かされ、温泉郷に迷い込んだ人間の少年と一緒に元の世界に戻ろうと思案するが…?

異世界温泉郷
あやかし湯屋の恋ごよみ

元の世界に戻る意味やこの世界の居心地の良さ、夫への恋心に思い巡らせる凛子。そんな中、亡き恋人の子を妊娠した記憶喪失の女性を預かって!?

好評発売中

【電子書籍版も配信中　詳しくはこちら→http://ebooks.shueisha.co.jp/orange/】